D1135300

afgeschreven

Openbare Bibliotheek
Staatsliedenbuurt
van Hallstraat 615
1051 HE Amsterdam
Te.: 020 - 6823986

NERGENS

Een onbekende wereld

NUR 283/GGP021201
© Uitgeverij Kluitman Alkmaar B.V.
© Tekst: Tamara Geraeds
Omslagontwerp: Elsa Kroese/Design Team Kluitman
Opmaak binnenwerk: Marieke Brakkee
Alle rechten voorbehouden, inclusief het recht van reproductie
in zijn geheel of in gedeelten, in welke vorm dan ook.

kluitman.nl

*where books are born

Ontdekt door de lezers van TenPages.com

NERGENS

Een onbekende wereld

Tamara Geraeds

Met al mijn liefde draag ik dit boek op aan mijn allerliefste man.

Jij bent mijn steun en toeverlaat,

mijn rots in de branding,

mijn licht in de duisternis,

mijn alles.

⁂ 1 ⁂

'Wat is hier in hemelsnaam aan de hand?' was het eerste dat Audrey Noort dacht toen ze op haar kont in het gras landde. Ze bleef verdwaasd zitten en knipperde tegen het felle licht. Hoewel ze voor haar gevoel een aardig eind naar beneden was gevallen, deden haar billen geen zeer. Vreemd. Ze moest toch lang onderweg zijn geweest, want het was inmiddels dag. Boven haar scheen de zon aan een stralend blauwe hemel, met hier en daar een wolkje. Verder niets bijzonders. Geen zwart gat, geen vreemde schittering in de lucht; helemaal niets raars.

Ze probeerde zich de gebeurtenissen van de laatste dagen voor de geest te halen. Het was begonnen met de zoveelste woedeaanval van haar vader. Hij had haar en haar moeder aardig toegetakeld en Audrey had er genoeg van. Met moeite had ze haar moeder overgehaald om te vluchten. Haar vader kende ondertussen al hun schuilplaatsen en uit eerdere vluchtpogingen was gebleken dat zelfs het blijf-van-mijn-lijfhuis niet veilig was. Gelukkig waren ze tegen een leegstaand huis aan gelopen, waar ze een aantal nachten konden blijven. Ze waren er veilig aangekomen en wilden gaan slapen. En vervolgens…

Audrey sloot geconcentreerd haar ogen. Even gebeurde er niets. Toen kwam de werkelijkheid in hevige flitsen terug. Het bonzen op de voordeur. Het zoeken naar een vluchtroute. Zware voetstappen op de kale trap. Haar vaders woedende gezicht. Zijn grijpende vingers die haar net misten. Een hoge gil toen hij haar moeder te pakken kreeg. ‘Rennen, Audrey!’ Haar moeders stem echode door haar hoofd. En haar vader brulde: ‘Blijf staan of ik doe haar iets aan!’ Ze draaide zich om en keek in zijn koude ogen. Besluiteloos bleef ze staan.

En toen viel ze. De grond opende zich onder haar en slokte haar op. Alsof ze een lekker hapje was. En nu zat ze hier in het gras. Was ze gestruikeld? Neergeslagen? Of lag ze gewoon in bed en droomde ze dit alles?

Ze krabbelde overeind, klopte het zand en gras van haar broek en keek om zich heen. Voor haar strekte zich een weiland uit. Een zacht briesje blies de geur van pasgemaaid gras in haar gezicht. Precies voor haar voeten begon een keurig aangelegd grindpaadje, dat in een rechte lijn door het weiland liep. Links en rechts was niets anders te zien dan gras, gras en nog eens gras.

Pas toen ze zich omdraaide ontdekte ze een stenen muur, die hoog boven haar uittorende.

‘Wat gek,’ mompelde ze in zichzelf. Ze zette een stap vooruit om de muur wat beter te bekijken. Hij was niet meer dan drie meter breed. De stenen zagen er nog nieuw en ongeschonden uit. ‘Waarom zou iemand hier zomaar een stuk muur neerzetten?’ vroeg Audrey zich hardop af.

Ze wilde eromheen kijken – wie weet wat erachter zat – maar het ging niet. Daar waar ze dacht dat de muur eindigde, stond weer een nieuw stuk. Ze stapte naar achteren en zag dat ze nog steeds in het midden van de muur stond. Terwijl ze toch echt een stap naar links had gezet. Ze probeerde het nog eens, dit keer naar rechts. Opnieuw leek het alsof er vanuit het niets een nieuw stuk muur voor haar neus verscheen. Ze deed nog twee passen zijwaarts en stapte snel naar voren.

BONK!

'Verdorie!' Audrey gaf een woeste trap tegen de stenen en wreef over haar pijnlijke neus.

Ze draaide zich om en haar blik viel op het grindpad. Het lag nu niet meer recht voor haar, maar twee passen naar rechts. Waar ze net had gestaan was het gras een beetje vertrapt.

Ze draaide zich vastberaden weer terug naar de muur. 'Oké, laat maar 's zien wat je kunt,' zei ze uitdagend.

Met haar blik strak op de stenen gericht, deed Audrey een stap opzij. En nog een, en nog een. De muur bewoog mee. Niet met stappen, niet zwevend of glijdend, hij bleef gewoon recht voor haar. Audrey hapte naar adem. Ze keek over haar schouder en zag dat ze nu nog verder van het pad vandaan was. Maar de muur stond nog steeds recht voor haar.

Voorzichtig kwam ze iets dichterbij en legde haar handen op de stenen. Ze voelden warm aan. Audrey liet haar handen eroverheen glijden en begon te duwen, zo hard ze kon. Er kwam geen beweging in. Even bleef ze besluiteloos staan. Toen draaide ze zich om en liep met grote passen terug naar het pad. De muur volgde haar.

'Zeker weten een droom dus,' constateerde ze.

Omdat het intussen al aardig warm was, deed ze haar trui uit en bond hem om haar middel.

'Nou, dan zullen we maar eens gaan kijken waar dit pad naartoe loopt,' mompelde ze, zich afvragend waar ze in hemelsnaam was beland.

2

In gedachten verzonken liep Audrey over het pad. Ze vroeg zich af hoe het met haar moeder ging. Die was nu dus alleen met haar vader. Of zou ze ook in een gat zijn gevallen? Liep ze nu ook over een grindpad, zich af te vragen waar ze was? Nee, dat was onmogelijk. Alleen in een droom viel je in een gat om vervolgens op een onbekende plek terecht te komen. Of je moest Alice heten. Wat zou haar vader nu met haar moeder doen? Misschien sloeg hij haar wel weer een gebroken kaak. Of erger... Nee, daar moest ze maar niet aan denken.

Ze moest proberen wakker te worden, zodat haar moeder niet meer alleen was met die gek. Gelukkig had ze zichzelf een trucje aangeleerd, waardoor ze wakker kon worden uit elke droom. Ze gebruikte het vaak als ze een nachtmerrie had, wat regelmatig gebeurde. Ze sloot opnieuw haar ogen en dacht aan haar opa. Opa, die haar altijd optilde en rondzwierde toen ze nog klein was. Opa, die altijd een chocoladereep voor haar meebracht. Opa, die er nu niet meer was. Haar ogen prikten en al snel stroomden de tranen over haar wangen. Audrey keek om zich heen en fronste haar wenkbrauwen. Ze werd niet wakker! Snel veegde ze haar wangen droog. Zou dit dan toch geen droom zijn? Maar dat kon toch niet? Wie had er ooit gehoord van mensen die uit de lucht kwamen vallen en stukken muur die uit zichzelf bewogen? Ze schudde verward haar hoofd en concentreerde zich op haar omgeving. Nog steeds niets dan gras. Hoe ver moest ze nog lopen? En waar kwam ze dan uit? Achter haar niets dan groen onder de lichtblauwe hemel. Er dreven nu bijna geen wolken meer in de lucht en het was nog steeds warm. Vreemd, het was nog zeker twintig graden. Midden in de winter! Audrey begon zich steeds ongemakkelijker te voelen en liep snel verder.

Na een lange tijd zag ze in de verte iets staan wat leek op een houten kist op poten. Erachter begon zo te zien een bos. Hoopvol versnelde ze haar pas. Misschien woonden er wel mensen daar. Dan kon ze eindelijk vragen waar ze was.

Van dichtbij bleek de kist een houten bord te zijn. Er stond met grote letters iets op gekalkt. Nog een paar meter dichterbij en ze kon het lezen.

WELKOM IN NERGENS!

Audrey staarde nadenkend naar het bord. Nergens? Wat een vreemde naam. Als ze hier was, dan was nergens dus blijkbaar wel érgens.

Ze pijnigde haar hersens, maar kon zich niet herinneren dat ze ooit had gehoord van een plaats die Nergens heette. Ze spraken er blijkbaar Nederlands. Misschien was het wel een pretpark. Dat zou meteen de bewegende muur verklaren.

'Hoe dan ook,' besloot ze hardop. 'Als er een bord staat, zullen er wel mensen zijn.' Dus vervolgde ze haar weg.

En inderdaad, slechts een paar honderd meter verderop verdween het grindpad tussen een paar bomen de bocht om en daar stond op een open plek een jongen achter een soort toonbank. Hij voerde een gesprek met een oudere man, die druk naar hem gebaarde. De jongen liep om de toonbank heen, klopte de man bemoedigend op zijn schouder en wees naar een gebouw achter hem. Na nog een behulpzaam duwtje in de rug verdween de man in de richting van het gebouw.

De jongen draaide zich om op het moment dat Audrey bij de toonbank aankwam. 'Hallo!' riep hij haar vriendelijk toe.

Audrey wist even niets terug te zeggen. Haar hart bonkte als een gek en haar mond voelde droog aan. Wauw! Wat een superhunk! Hij had halflang, donker haar, dat licht krulde aan de onderkant, een stoppelbaardje en een gespierd bovenlijf onder het mouwloze shirt dat om zijn borst spande. Zijn hemelsblauwe ogen keken haar stralend aan.

'Welkom in Nergens!' ging hij onverstoorbaar verder, alsof hij niet merkte dat ze hem als een halve gare stond aan te gapen.

Audrey deed snel haar mond dicht en lachte naar hem. 'Bedankt. Maar eh... waar zijn we eigenlijk?'

'We zijn in Nergens,' antwoordde de hunk, alsof dat alles verklaarde.

'Ja, dat zei je al. Maar waar ligt Nergens? Ik heb er nog nooit van gehoord.'

'Nee, dat zou ook niet goed zijn. Nergens is namelijk een geheim.'

'Een geheim? Hoezo?'

'Ik zal het je allemaal uitleggen, als je nog even geduld hebt. De infobijeenkomst begint zo.' Hij wees weer naar het gebouw achter hem. 'Ik verwacht nog één meisje en dan kunnen we beginnen.'

Audrey vond het maar een raar verhaal. 'Hoezo beginnen? Ik weet niet waar ik ben, ik weet niet hoe ik hier gekomen ben en ik ken je niet!'

De jongen stak zijn hand uit. 'Ik ben Frian, je begeleider in Nergens. En ik neem aan dat jij Audrey heet en dat je uit de lucht bent komen vallen.'

Audrey keek hem verbijsterd aan.

Frian beantwoordde haar blik met een twinkeling in zijn ogen en legde een hand op haar schouder. 'Maak je maar geen zorgen. Je bent hier veilig. Over een paar minuten zal alles je duidelijk worden. Ga maar vast, ik kom er zo aan.'

Ook Audrey kreeg een duwtje, en met tegenzin, maar ook wel nieuwsgierig, liep ze naar het gebouw.

3

Nathalie Lammers' humeur was tot het vriespunt gedaald tegen de tijd dat ze bij de toonbank aankwam. Ze kon niet tegen onverwachte dingen en dit was erg onverwacht. Het ene moment stond ze in de badkamer naar haar spiegelbeeld te staren en het volgende moment zakte ze door de grond. Even had ze zich afgevraagd of ze droomde, maar zo levendig droomde ze eigenlijk nooit. Het moest dus bijna wel echt zijn. Maar verdorie, ze had wel wat beters te doen dan hier ronddwalen. Waar 'hier' dan ook mocht zijn. Ze wilde Eefje vinden, haar zusje. Ze wilde dat haar ouders haar weer aankeken als ze iets zei. Ze wilde bewijzen dat ze wel oud genoeg was om op haar kleine zusje te passen. Dat dit een eenmalige, stomme fout was, die ze nooit meer zou maken. Dat ze haar konden vertrouwen. Daarnaast had de val naar Nergens haar misselijk gemaakt en de bewegende muur werkte op haar zenuwen.

'Hallo, welkom in Nergens!' onderbrak de jongen die achter de toonbank stond, haar gedachten.

Nathalie keek verstoord op en liet haar blik ongegeneerd over zijn lichaam glijden. Wat een mager ventje, schoot het door haar heen. Eén keer blazen en hij zou omvallen. Hij probeerde er zeker gespierd uit te zien met dat strakke shirt. Pfff! Belachelijk! En dat ongeschoren gezicht. Vreselijk! Hopelijk liepen er hier leukere jongens rond, zoals Mike. Ze had nu een paar weken iets met hem en ze hadden het erg gezellig samen. Wat zou het fijn zijn als hij hier ook was.

'Ik ben Frian,' ging de ongeschoren jongen verder. 'Als je met me meeloopt, zal ik je alles uitleggen.'

'Oké.' Ze wilde nu wel eens weten waar ze was en waarom. En hoe ze weer thuis moest komen.

Terwijl Frian stevig doorliep, probeerde Nathalie zo veel mogelijk van haar omgeving in zich op te nemen. Het gebouw waar ze naartoe liepen, was niet meer dan een vierkant blok met in het midden twee enorme deuren en aan iedere zijde daarvan één kleinere deur, die, in vergelijking daarmee, voor kabouters leken. Nathalie volgde Frian naar binnen.

Ze kwamen in een lange gang, met aan weerszijden een rij deuren. Aan het plafond hingen grote kroonluchters, die zachtjes tinkelden door de windvlaag die ze mee naar binnen namen. Elke deur had een andere kleur en erboven hingen bordjes met tijden erop. Boven de eerste deur aan haar linkerkant stond *00.00 tot 02.00 uur.* Boven de eerste deur rechts hing een bordje met *22.00 tot 24.00 uur.* Frian stond stil bij de enige open deur – de derde deur rechts – en wenkte dat ze moest opschieten. Nathalie aarzelde even, maar besloot hem toch maar te volgen. Voor ze door de paarse deur stapte, wierp ze een blik op het bordje erboven: *18.00 tot 20.00 uur.*

'Zoek een plekje, Nathalie, dan kunnen we beginnen,' riep Frian haar toe, terwijl hij naar de verhoging liep die voor in de kamer stond.

Nu pas zag Nathalie dat de kamer vol zat met mensen. Alle nieuwsgierige blikken waren op haar gericht. Links zat een groepje oude mannen haar nors aan te staren, in het midden zaten een paar kinderen van een jaar of acht ongeduldig te wiebelen op hun stoelen, daarnaast zaten een paar opgedirkte jonge vrouwen tegen elkaar te mompelen en helemaal rechts achterin probeerde een oud vrouwtje met spierwit haar de knot op haar hoofd vast te zetten. Nathalie vroeg zich af waar ze het beste kon gaan zitten. In het midden van de groep stond nog een lege stoel, naast een lange, bleke jongen. Zijn zwarte, steile haar plakte aan zijn voorhoofd en zijn bril stond scheef op zijn neus. Hij zag eruit alsof hij flink verkouden was. Misschien niet de beste plek. Een paar stoelen voor de oude vrouw met de knot was ook nog een plaats vrij, naast een meisje met donkerbruin haar. Het meisje zat ongegeneerd naar Frian te staren en Nathalie zag dat ze een flinke paars-gele vlek op haar wang had en een rare bobbel op haar neus. Snel schuifelde ze tussen de mensen door en liet zich op de vrije stoel vallen. Van dichtbij viel het pas echt op hoe slecht het meisje eruitzag. Ze had duidelijk gevochten. Nathalie stak haar hand uit en glimlachte. Er kwam geen reactie.

'Hallo, ik ben Nathalie,' fluisterde ze ongeduldig.

Het meisje schrok op. 'O sorry, ik had je niet gezien. Ik ben Audrey.'

Ze schudde haar hand en Nathalie ging zitten. 'Ben je hier al lang?'

'Nee, ik kom net binnen.'

'Weet je waar we zijn?'

Audrey schudde haar hoofd. 'Geen idee. Hij...' ze knikte naar Frian, 'noemde het Nergens.'

'Ik heb nog nooit gehoord van een plaats die zo heet.'

'Ik ook niet.'

Frian schraapte zijn keel en Nathalie richtte haar aandacht weer op hem.

'Welkom, allemaal. Mijn naam is Frian en ik ben jullie begeleider hier in Nergens.'

Meteen klonk er een hoop geroezemoes en Frian stak zijn handen sussend in de lucht. 'Ik begrijp dat jullie vol zitten met vragen en daarom zijn we ook hier. Ik zal jullie uitleggen waar we zijn en waarom. Als jullie daarna nog vragen hebben, is er tijd genoeg om die te stellen. Maar laat me nu eerst uitpraten.'

Hij wachtte tot het geroezemoes afnam. Nathalie stak haar handen in haar broekzakken en schoof een beetje onderuit. Onder in haar rechterzak raakten haar vingers iets zachts en ze trok het eruit. Een snoepje! Precies wat ze nu nodig had! Ze stopte hem in haar mond en luisterde al kauwend naar Frians uitleg.

'Zoals ik jullie al heb gezegd, zijn we in Nergens. Niemand weet precies waar Nergens ligt. Sommige mensen noemen het de hemel op aarde, maar de vraag is of het eigenlijk wel op aarde is...'

Hij haalde diep adem voordat hij zijn verhaal vervolgde. 'Velen van jullie zullen zich ook afvragen of dit een droom is. Dat is het dus niet! Nergens is wel degelijk echt. De reden dat we hier zijn is niet zo makkelijk uit te leggen. Maar ik zal het toch proberen. We zijn allemaal hier terechtgekomen omdat we op aarde problemen hebben. Voor ieder van ons is dat een ander probleem, maar we hebben één ding gemeen: we hebben gevochten om ervan af te komen en we hebben de hoop niet opgegeven.'

Er klonk instemmend gemompel. Naast Nathalie zat Audrey ijverig te knikken.

'Dát is de enige manier om in Nergens te komen: nooit opgeven, altijd blijven hopen. De andere factor die heel belangrijk is, is dat je nergens meer heen kunt. Op het moment dat al je opties wegvallen, kom je vanzelf hier, in Nergens.'

Er klonk nu wat gegiechel; waarschijnlijk dachten veel mensen terug aan de manier waarop ze hier waren beland. Nathalie kon er eigenlijk niet zo om lachen. Ze had de val allesbehalve leuk gevonden en ze wilde terug naar huis. Ze wilde haar zusje vinden, het goedmaken met haar ouders en nog lang en gelukkig leven.

'Er zijn in Nergens twee soorten mensen,' vervolgde Frian. 'Er is een groep die hier altijd zal blijven. Deze mensen noemen we de Stekkers, omdat ze hier hun eigen stekje krijgen en een nieuw leven opbouwen. De andere groep is gelukkig het grootst, namelijk de mensen die na verloop van tijd weer naar huis kunnen.'

Het knotvrouwtje sprong bij die woorden op van haar stoel en riep met schelle stem: 'Dan hoor ik bij die laatste groep. Ik vind het hier maar niks, ik wil naar huis!'

Overal sprongen mensen op en begonnen tegen Frian te schreeuwen dat ze weg wilden. Een aantal mensen bleef zitten en schoof onrustig op hun stoelen heen en weer. Nathalie wierp een blik op Audrey, die ook was blijven zitten. Ze zag er nogal verdrietig uit.

'Gaat het?' vroeg Nathalie zachtjes.

Audrey keek verschrikt opzij. 'O, ja hoor. Ik moest alleen aan thuis denken.'

'Ja, dat gevoel ken ik.'

Frian probeerde ondertussen de mensen rustig te krijgen. 'Als jullie nou allemaal gaan zitten, dan kan ik uitleggen hoe je naar huis kunt,' riep hij boven het lawaai uit. Hij liep rood aan en begon wat zorgelijk te kijken. 'Heb alsjeblieft nog even geduld, mensen. Zodra ik alles heb uitgelegd zal het voor ieder van jullie duidelijk zijn wat er gedaan moet worden.'

Langzaamaan werd het rustig. Ook het knotvrouwtje ging weer zitten, al was het dan met veel gemopper.

Frian vervolgde zijn verhaal. 'Oké, luister goed. Sommige problemen zijn op te lossen. Deze oplossingen zijn niet makkelijk en je zult er hard voor moeten werken, maar als je slaagt, komt er direct een einde aan je verblijf in Nergens en ga je vanzelf terug naar huis. De groep mensen die een goede kans hebben om terug naar huis te gaan, noemen we de Flitsers. Als je tot deze groep behoort, zul je vóór tien uur vanavond een sterke drang voelen om naar huis te gaan.'

Het knotvrouwtje stond alweer overeind. 'Nou, dan hoor ik daarbij! Laat me gaan!'

'Alstublieft mevrouw, laat me nou even uitspreken.'

Het vrouwtje liet zich op haar stoel zakken en sloeg haar armen verontwaardigd over elkaar.

'Als je dus vóór tien uur niet de drang hebt gehad om naar huis te gaan, hoor je bij de Stekkers en zul je hier een nieuw leven gaan opbouwen. Je krijgt dan een huis toegewezen hier in Nergens. Maar zover is het nog niet. Eerst zal ik jullie uitleggen wat je moet doen als je tot de andere groep behoort.'

'Eindelijk,' verzuchtte het vrouwtje.

'Na tien uur vanavond zullen jullie automatisch twee groepen vormen: Stekkers en Flitsers. De Flitsers moeten dan tweetallen gaan vormen. Samen ga je proberen een oplossing te vinden voor je probleem. Je gaat dus ook elkaar helpen. Soms is het heel moeilijk om een oplossing te vinden, maar geloof me, er is er een. Als er namelijk geen oplossing voor jouw probleem is, dan hoor je automatisch bij de Stekkers.'

Nathalie boog zich naar haar buurvrouw. 'Die Stekkers hebben het makkelijk, zo te horen,' fluisterde ze.

'En toch hoop ik dat ik bij de Flitsers hoor,' fluisterde Audrey terug.

'Oké,' ging Frian verder. 'Nu komt het belangrijkste: om je probleem op te lossen, zul je terug moeten naar de aarde. Dit gaat vanzelf en kan heel onverwachts gebeuren. Het kan zijn dat je iets bedenkt waarmee je jouw probleem of dat van je partner kunt oplossen. Het kan ook zijn dat er iets op aarde gebeurt wat jij moet zien. Dan kom je vanzelf op de plek op aarde waar je moet zijn. Samen. Zorg dus dat je voorbereid bent! Jullie kunnen straks allemaal een rugzak meenemen van die stapel daar.' Hij wees naar een grote berg tassen in de hoek naast de deur. 'Alleen de dingen die je vasthebt en aanhebt, gaan mee, dus blijf altijd in aanraking met je rugzak. Ik heb mensen gezien die onderkoeld terugkwamen van de Noordpool, omdat ze geen jas hadden meegenomen. Geloof me, dat is geen pretje! Dus... zet je rugzak op schoot, hang hem aan je arm, op je rug, wat dan ook, maar zorg dat je hem te allen tijde aanraakt! Heeft iedereen het tot zover begrepen?'

Aan de andere kant van de kamer stond een jongen van een jaar of tien op, die aarzelend zijn hand omhoogstak. 'Ehm... meneer?'

Frian knikte hem vriendelijk toe. 'Ja Alexander, zeg het maar.'

'Ehm... u wilt dus zeggen dat we door een soort... eh... magie... naar de aarde gestraald worden?'

Frian glimlachte. 'Ja, zo zou je het kunnen omschrijven.'

De jongen grijnsde schaapachtig terug. 'Maar dat kan toch helemaal niet?'

'Vertel eens, Alexander. Hoe ben jij hier gekomen?'

De jongen keek even bedenkelijk en zei toen, heel zachtjes: 'Ik ben door de grond gezakt.'

'Juist,' zei Frian. 'En vind je dat minder vreemd dan naar de aarde gestraald worden?'

Het bleef een paar seconden stil. Van diverse kanten klonk gegiechel.

'Nee,' fluisterde de jongen uiteindelijk en hij ging snel weer zitten.

Frian liet zijn blik over de groep dwalen. 'Ik begrijp dat dit voor jullie allemaal heel vreemd is en moeilijk te bevatten. Maar dit is geen droom. Dit is echt, en nu krijgen jullie eindelijk de kans om jullie problemen op te lossen. Of, als oplossen niet mogelijk is, om hier een rustig leven te leiden.'

'Hoe kan het eigenlijk dat we nog nooit gehoord hebben van mensen die plotseling in een gat in de vloer verdwijnen? Dat moet toch opvallen?' viel een blonde man op de voorste rij hem in de rede.

'O ja, dat is een goede vraag,' zei Frian. 'Het zit zo: alleen mensen die in Nergens zijn geweest, zien jou in een gat vallen. Voor alle andere mensen lijkt het alsof je gewoon wegloopt.'

'Maar als ze dan achter je aan komen?'

'Dan ben je gewoon weg.'

'En dat vinden ze niet raar?'

'Jawel, maar weet je hoeveel mensen er dagelijks op die manier verdwijnen? Denk maar eens aan kleine kinderen, op wie je heel even niet let. Binnen een paar seconden ben je ze kwijt.'

'Ja, dat is waar.'

'Eh... meneer Frian?'

Een dikke jongen met slonzige kleren en een baseballpet op stak zijn vinger op.

'Zeg maar gewoon Frian, hoor. Ik ben geen meneer.'

'Oké dan. Frian. Waarom heet de tweede groep eigenlijk Flitsers?

Heeft het iets met onweer te maken of zo?'

Nathalie onderdrukte een proestbui. Frians blik verhardde.

'Nathalie. Aangezien jij deze vraag volgens mij heel grappig vindt, mag jij hem beantwoorden.'

'O, oké. Geen probleem. Ze heten zo, omdat…'

'Ga maar staan. Dan kan Kristof jou ook zien.'

Nathalie kon hem wel wurgen. Waar haalde hij het lef vandaan om haar te commanderen? Maar ze wist het antwoord op Kristofs vraag en wilde dat erg graag onder de neus van die vadsige jongen wrijven. Dus stond ze op.

'Nou Kristof, het zit zo: als je een Flitser bent, heb je een probleem dat op te lossen is.'

Kristof knikte, dus vervolgde Nathalie haar uitleg. 'Nou, en om je probleem op te lossen, zul je terug naar de aarde moeten. Je 'flitst' daar als het ware naartoe. En als je op aarde klaar bent, 'flits' je weer terug naar Nergens. Je bent dus telkens heen en weer aan het flitsen, dus ben je een Flitser. Logisch, toch?' Ze ging zitten en sloeg demonstratief haar armen over elkaar.

'Nou, Nathalie, dat heb je best goed uitgelegd. En inderdaad is het logisch als je het eenmaal weet,' zei Frian.

Nathalie wilde opspringen en hem duidelijk maken dat het alleen maar niet logisch was voor sukkels en baby's, maar opeens werd ze overvallen door een golf van misselijkheid. Toen ze het probeerde weg te slikken, werd het alleen maar erger.

Frian keek haar onderzoekend aan. 'Gaat het wel goed, Nathalie?'

Nathalie schudde haar hoofd en sloeg een hand voor haar mond. Ze moest een wc zien te vinden, en snel.

Gelukkig was Frian vrij vlot van begrip. 'De toiletten zijn buiten, linksom,' zei hij. 'Kan er even iemand met haar meelopen?'

Nathalie bleef halverwege de ruimte staan en keek om. De misselijkheid leek even te zakken. Natuurlijk stak niemand zijn hand op. Wie wilde er nou meelopen met iemand die op het punt stond alles onder te kotsen? Bij de gedachte alleen al voelde ze de gal omhoogkomen in haar keel. Ze draaide zich om, rukte de deur open en rende zo hard ze kon naar buiten en linksaf. Achter zich hoorde ze Frian nog iets zeggen en vlak daarna kwamen er haastige voetstappen achter haar aan. Ze bereikte net op tijd de wc's.

℘ 4 ℘

Audrey schrok toen het meisje naast haar opeens opsprong. Ze was helemaal in gedachten verzonken en aangezien ze de laatste twintig minuten alleen maar naar Frian had zitten staren – naar zijn lach, zijn stralende ogen en zijn shirt dat zich om zijn gespierde schouders klemde – had ze weinig meegekregen van wat hij zei. Natuurlijk wilde ze wel weten waar ze was en waarom, maar zodra ze naar Frian keek, dwaalden haar gedachten af en leek alles om haar heen te verdwijnen. Het meisje dat naast haar had gezeten – Nathalie of Natasja of zo? – stond halverwege de ruimte om zich heen te kijken, met één hand tegen haar mond gedrukt. Ze zag akelig bleek en haar hand trilde een beetje. Het was doodstil en iedereen staarde haar aan. Tot ze zich plotseling omdraaide en de kamer uit stoof. Frian wees naar een jongen die in het midden van de groep ineengedoken toekeek.

'Scott, loop jij even met Nathalie mee en zorg dat ze heelhuids terugkomt.'

De jongen leek niet echt blij te zijn met deze opdracht, maar hij worstelde zich tussen de stoelen door en haastte zich achter Nathalie aan.

'Oké,' zei Frian, terwijl hij een blik op zijn horloge wierp. 'Ik heb nog aardig wat uit te leggen, dus ik ga maar gewoon verder. Ik wil beginnen met een demonstratie. In Nergens kunnen we ons heel gemakkelijk verplaatsen. Auto's, fietsen of openbaar vervoer hebben we hier niet nodig. Je kunt alleen gaan of samen. Ik zal jullie nu laten zien hoe dit werkt. Audrey, wil jij mij even helpen?'

Een golf van warmte trok door Audreys lijf, van haar tenen tot in haar wangen. Even wist ze niet wat ze moest doen. Maar haar benen leken een eigen wil te hebben. Ze leidden haar zonder omhaal naar de verhoging toe, waar Frian op haar stond te wachten.

'Sla je armen stevig om me heen en laat pas los als ik het zeg!' zei hij, toen ze naast hem stond.

Audrey aarzelde geen moment. Ze gooide beide armen om zijn nek en drukte haar hoofd tegen zijn borst.

'Oké mensen, nu niet schrikken. Ik heb alles onder controle,' zei Frian terwijl hij zijn armen achter haar rug in elkaar haakte.

Schrikken? dacht Audrey. Waarom zouden we moeten schrikken? Het is heerlijk rustig zo.

Frians hart klopte met regelmatige, krachtige slagen en de warmte van zijn lichaam kroop langzaam over naar dat van haar. Het was op een bepaalde manier geruststellend, zoals de warmte over haar heen spoelde. Maar het moest er wel stom uitzien voor al die mensen die zaten te kijken. Het geroezemoes in de ruimte zwol steeds verder aan en er klonk zelfs een gil. Aarzelend deed Audrey één oog open. Meteen hapte ze naar adem van schrik. Ze waren omringd door vuur! Ze wilde wegspringen, maar bedacht net op tijd wat Frian had gezegd: niet loslaten!

Dus bleef ze hem krampachtig vasthouden. Ze hief haar hoofd en probeerde Frians blik te vangen. Hij zou toch zeker ook doodsbang zijn? Wat gebeurde er in hemelsnaam? Dit kon toch niet de bedoeling zijn? Maar Frian hield haar alleen stevig vast en concentreerde zich op een punt in de verte.

Audrey hoorde geen geroezemoes of gegil meer, alleen een zacht gesis. Het klonk een beetje als een smeulend haardvuur. De wereld werd steeds warmer en waziger en ze voelde de paniek omhoogborrelen. En toen werd alles zwart.

꧁ 5 ꧂

Er werd zachtjes op de wc-deur getikt. 'Nathalie?' klonk het onzeker. 'Gaat het?'

Nathalie scheurde een strook wc-papier af en veegde ermee langs haar mond. Dat snoepje was blijkbaar ver over de datum geweest. Gelukkig was de misselijkheid inmiddels verdwenen. Ze spoelde haar mond onder de kraan en dronk daarna tot haar dorst gestild was.

'Nathalie?' klonk het weer van achter de deur.

Ze fatsoeneerde haar haar en verwijderde wat donkere vegen van haar wangen. Toen trok ze de deur met een ruk open. Voor haar stond een bleke jongen met vettig zwart haar. Ze herkende hem meteen: de onverzorgde kneus die in het midden van de kamer had gezeten. Waarom moest uitgerekend hij nou achter haar aan komen? Hopelijk betekende dit niet dat ze nu aan hem vastzat. Die toonbankjongen had het tenslotte over tweetallen gehad. Langzaam bekeek ze hem van top tot teen. Oké, hij was duidelijk een sukkel, maar de grootste sukkels waren meestal ook slim. Misschien kon hij toch wel van pas komen. Ze was hier uiteindelijk om haar zusje terug te vinden en daar zou híj haar bij kunnen helpen.

Ze zuchtte. 'Vooruit dan maar,' mompelde ze in zichzelf. 'Voor Eefje.' Ze stak haar hand uit en probeerde vriendelijk te glimlachen. 'Hallo. Ik ben Nathalie.'

Na een korte aarzeling schudde de jongen uitbundig haar hand. 'Hallo Nathalie, ik ben Scott. Gaat het al wat beter?'

Hij dacht waarschijnlijk dat hij nu heel lief naar haar lachte, maar met die scheve tanden zag hij eruit als een nog grotere sul. Wat waren sommige mensen toch makkelijk voor de gek te houden. Hij dacht echt dat ze hem aardig vond. Alsof ze ooit geïnteresseerd zou kunnen zijn in iemand zoals hij. Dat haar! Hij had het al zeker een week niet gewassen en het was veel te lang. En dan die bril! Als er nóg dikkere glazen in zouden zitten, zakte zijn neus in elkaar. En zijn hand was nog bezweet ook. Gadver! Ze liet snel los.

Hij keek haar een beetje vreemd aan toen ze haar hand zo plotseling terugtrok, dus forceerde ze nog een glimlach. Ze mocht niet te onaardig doen, want ze had hem nodig. Dat zou niet meevallen, maar zodra ze Eefje hadden gevonden, was ze van hem af. Ze haalde diep adem.

'Ja, het gaat wel weer. Luister Scott, wij gaan samenwerken.'

'O?'

'Ja, je lijkt me een slimme jongen. En die Liam...'

'Frian, bedoel je.'

'Wat je wilt. Hij zei dat we tweetallen moesten maken. Ik neem aan dat jij straks ook terug naar de aarde wilt?'

'Eh... ja. Oké.'

Hij zei oké! Yes!

Maar nu het gelukt was, begon ze toch te twijfelen. Moest ze er nou blij mee zijn of juist niet? Nu zat ze wel met hem opgescheept. En nu ze dichter bij hem stond, merkte ze pas dat hij ook niet bepaald fris rook. Daar zou toch echt iets aan moeten veranderen.

Scott kuchte ongemakkelijk. 'Zullen we teruggaan?'

'En naar die ellenlange uitleg van die Liam luisteren? Echt niet!'

'Frian,' mompelde Scott.

God, wat was dat joch irritant. Als hij zo doorging, zou ze hem nog een klap verkopen. Oké, rustig ademhalen, Nathalie. Je hebt hem nodig.

'Ehm... wat wil je dan?' vroeg Scott.

'Laten we buiten eens op onderzoek uitgaan. Ik wil wel weten wat hier allemaal te beleven is.'

'Is dat verstandig? We weten helemaal niet...'

Nathalie wierp haar haren over haar schouder en zette haar liefste glimlach op.

'Aaah, kom op, Scott. Ga nou mee.'

Dat was duidelijk te veel voor het arme sulletje. Met een hoofd als een biet draaide hij zich om en liep naar buiten. 'Oké dan, maar ik wil niet te lang wegblijven.'

'Prima.'

6

'Audrey? Je mag me nu weer loslaten.'

Audrey opende aarzelend haar ogen. Ze stonden aan de andere kant van de ruimte en de hele groep gaapte hen aan. Even was het doodstil, maar al snel begon iedereen door elkaar heen te roepen en vragen te stellen. Frian liet hen even begaan maar hief toen zijn handen in de lucht om ze tot stilte te manen. Nu pas merkte Audrey dat ze zich nog steeds aan Frian vastklampte. Ze liet snel los, streek haar shirt glad en zei beschaamd: 'Sorry.'

Frian schonk haar een adembenemende glimlach. 'Geeft niet, hoor. Vuurspringen is voor iedereen de eerste keer eng. Je went er wel aan.'

Audrey betwijfelde of ze ooit zou kunnen wennen aan iets wat 'vuurspringen' heette, maar ze zou zeker kunnen wennen aan het gevoel van zijn gespierde lijf tegen zich aan.

Er heerste nu complete chaos in de kamer. Mensen riepen naar elkaar en naar Frian, onderzochten de vloer waar Audrey net met Frian had gestaan of zaten met hun hoofd in hun handen op de grond. Frian zwaaide met zijn armen en schreeuwde om de aandacht te krijgen, maar het had geen effect. Uiteindelijk stak hij vier vingers tussen zijn lippen en floot. Op slag was het stil.

'Oké,' zei Frian tevreden. 'Als jullie allemaal weer gaan zitten, dan kan ik verdergaan met mijn uitleg.' Hij wachtte geduldig tot iedereen zat. Audrey wilde ook gaan zitten, maar Frian hield haar tegen. 'Wat jullie net zagen, noemen wij 'vuurspringen',' vervolgde hij. 'Het is de manier waarop we ons binnen Nergens verplaatsen. Zo doe je er maar een paar seconden over om waar dan ook in Nergens te komen.'

Er steeg meteen weer gemompel op:

'Mogen wij dat ook proberen?'

'Handig!'

'Doet het geen pijn?'

Frian hief zijn handen op en dit keer werd het meteen stil. 'Het is geheel ongevaarlijk en natuurlijk mogen jullie dat ook proberen. Iedereen moet het leren. Maar niet nu.'

Er klonk een koor van aaah's en Frian lachte.

'Ik weet het. Jullie willen het allemaal nu proberen. Maar er is nog zo veel te vertellen en het is al laat. Morgen zal ik het vuurspringen verder uitleggen.'

Daar was niet iedereen het mee eens, maar het opkomende protest werd onderbroken door een sissend geluid en een klein vuurtje dat aanzwol naast Frian. In het aanwakkerende vuur werd langzaam een persoon zichtbaar.

De mensen keken ademloos toe.

Zo ziet dat er dus uit, dacht Audrey. Ze zag hoe een paar kinderen zich achter de grotere verstopten toen er uit het vuur een grote, donkere man tevoorschijn kwam. Hij was zeker twee meter lang en zijn armen waren kolossaal. Op zijn donkere hoofd was geen haartje te bekennen. Een moment lang liet hij zijn ogen over de groep dwalen. Toen wendde hij zich met een brede lach tot Frian en klopte hem vriendschappelijk op de schouder, waardoor Frian wankelde. Toen Frian teruglachte, slaakte de groep een zucht van opluchting.

'Dit is Sean,' zei Frian. 'De leider van Nergens.'

Sean maakte een buiging, wat hem een voorzichtig applausje opleverde.

'Ik ben niet echt de leider, hoor,' zei hij.

'Nou ja,' zei Frian, 'voor zover Nergens een leider heeft, ben jij dat.'

'Hm, daar heb je wel gelijk in,' glimlachte de reus.

'Als je vragen hebt en ik ben niet in de buurt, dan kun je bij Sean terecht,' legde Frian uit.

'Maar alleen als het echt belangrijk is,' voegde Sean er snel aan toe.

'Juist.'

'Zo, dus dit zijn de nieuwkomers van vanavond,' ging Sean verder met zijn lage bromstem. 'Welkom, allemaal.'

Hij wendde zich tot Audrey, die nog steeds naast Frian stond. 'En wie is dit?'

'Dit is mijn partner, Audrey.'

'Partner?!' Voor ze het in de gaten had, riep ze het hardop.

Er klonk wat gegiechel.

'Ja,' lachte Frian. 'Ik vertelde toch over het vormen van tweetallen? Dat gaat eigenlijk ook zo'n beetje vanzelf. Zoals je weet of je een Stekker of Flitser bent, zo weet je ook vanzelf met wie je een tweetal moet vormen.'

Audrey keek hem verbaasd aan. Was dat wat ze had gevoeld? Maar nee, zoals hij haar nu aankeek... Poeh, ze smolt haast van binnen. Dit was duidelijk meer.

'Of voelde jij niet dat je bij mij hoorde?' vroeg Frian.

Audrey knikte verwoed. Hij verwoordde het precies goed.

'Nou, nou,' zei Sean, met een onderzoekende blik op Frian. 'Dus jij bent van Stekker veranderd in Flitser. Interessant.'

Frian tikte nadenkend tegen zijn kin. 'Ja, inderdaad.'

'Dan zal ik straks een vervanger voor je moeten regelen.'

'Graag. Ik zal de groep morgen overdragen.'

'Dan ga ik weer. Jij hebt nog een hoop uit te leggen hier, denk ik.' Sean richtte zich weer tot de groep. 'Voor vanavond zijn jullie in goede handen bij Frian. Luister goed naar wat hij zegt. En onthoud onze gezichten, voor het geval je ons nodig hebt.' Hij liet zijn blik nog eens over de mensen dwalen. 'Heeft iedereen mijn gezicht onthouden?'

De groep knikte meteen als één man.

'Ik denk dat ze jou niet zo makkelijk vergeten,' fluisterde Frian hem toe, waarop Sean bulderend begon te lachen.

'Oké, dan zal ik jullie weer met rust laten.' Hij stak zijn hand op, waar het vuur al aan likte. Binnen een paar seconden was hij omringd door hoge vlammen en verdween hij.

7

Nathalie en Scott keken buiten eens goed om zich heen. De zon stond laag aan de hemel en scheen op de verlaten toonbank. Achter hen viel de deur naar de toiletten geruisloos dicht.

'Ziet er nogal verlaten uit,' merkte Scott op.

'Zullen we die kant op gaan?' vroeg Nathalie, terwijl ze naar links wees. 'Terug lijkt me onzinnig.'

Scott knikte. Er liep maar één pad. Ze konden rechtsaf terug het weiland in of linksaf, waar ze nog niet geweest waren. Weinig keuze dus.

Ze zwoegden een heuvel op, vanwaar ze uitzicht hadden over een prachtig landschap. Groene en paarse heuvels wisselden elkaar af en ertussendoor kronkelde een helderblauw riviertje.

Scott wees naar iets in de verte en Nathalie kon met moeite een dorp onderscheiden.

‘Pfff! Dat is volgens mij een heel eind lopen.’

‘Je wilde toch op onderzoek uit?’

‘Wijsneus,’ mompelde Nathalie. Maar hij had wel gelijk. Het was háár voorstel geweest om op onderzoek uit te gaan. Als ze nu om zou keren omdat ze niet zo’n eind wilde lopen, zou ze natuurlijk afgaan als een gieter. Er zat niets anders op dan het hele eind heuvel op, heuvel af, heuvel op, heuvel af te gaan. En dat op haar splinternieuwe laarzen met superhoge hakken.

Boven aan de volgende heuvel stond Scott stil, zodat Nathalie hem kon inhalen. ‘Waar zouden alle dieren zijn?’ vroeg hij toen ze eindelijk hijgend boven kwam.

Nathalie boog voorover en leunde met haar handen op haar bovenbenen. Pfff, wie dacht er nou op zo’n moment aan dieren? Hoe ver was dat stomme dorp nog, dát vroeg ze zich af.

‘Ik hoor helemaal niets,’ ging Scott verder. ‘Geen geritsel, geen krekels, geen fluitende vogels.’

‘Boeiend,’ pufte Nathalie, maar doordat ze zo hard hijgde, klonk het alsof ze koeien zei.

‘Ja, koeien inderdaad,’ zei Scott. ‘Of schapen. En dit is een prima leefgebied voor vossen en konijnen, maar we hebben de hele weg nog geen dier gehoord of gezien. Vind je dat niet vreemd?’

‘Ik had niet echt veel tijd om daarop te letten, hè, aangezien ik me op hoge hakken een heuvel op moest worstelen,’ merkte Nathalie venijnig op.

Scotts gezicht betrok meteen en Nathalie vroeg zich af of hij haar nu in de steek zou laten. Misschien moest ze toch proberen wat aardiger tegen hem te zijn. Ze keek om zich heen. Niets dan groen en paars, met hier en daar een eenzame kale boom. Er stond bijna geen wind en het avondzonnetje scheen op haar gezicht. Behalve haar gehijg hoorde ze niets. Eigenlijk wel raar inderdaad.

'Misschien komt er een storm aan en zijn alle dieren gaan schuilen?' opperde Nathalie.

Scott keek haar verrast aan. Hij wees naar de lucht. 'Er is geen wolkje te zien.'

'Misschien is het gras vergiftigd?'

Scott glimlachte. 'Misschien. Kom, laten we maar verdergaan. Het is nog een heel eind. We kunnen een stuk afsnijden als we bij die brug oversteken.'

Nathalie volgde zijn blik. 'Maar daar loopt geen pad. Straks verdwalen we.'

'Die brug zal er niet voor niets zijn. Kom op.'

En zo liepen ze weer zwijgend naast elkaar.

'Ik was thuis bezig met een schoolproject over de mammoet,' zei Scott na een tijdje. 'Heel interessant.'

'O, dat hebben wij in groep acht al gehad.'

'Nou, niet zo uitgebreid, denk ik. Er is pas een museum bij ons in de buurt geopend met skeletten van allerlei dieren. We mochten kiezen over welk dier we een project wilden doen. Over dinosaurussen heb ik vroeger al alles geleerd en ik wilde altijd al meer weten over de mammoet. Machtige beesten waren dat. Nog groter dan olifanten. En sterk! Weet jij nog hoe groot die kuddes waren?'

Nathalie sjokte hoofdschuddend verder. Jezus, wat kon die jongen lullen, zeg. Als hij eenmaal begon, hield hij zijn mond niet meer. Maar ja, ze kon hem beter te vriend houden, zodat hij haar zou helpen. Dat was toch wel het belangrijkste.

'Honderd?' gokte ze.

'Zo veel? Ik dacht eigenlijk vijftig of zo.'

Ze waren bij de brug aangekomen. Nathalie botste bijna tegen Scott, want hij bleef halverwege de brug abrupt staan en leunde met beide armen op de houten reling.

'Weet je zeker dat het er honderd waren?' vroeg hij. 'Ik zou toch zweren…' Hij kneep zijn ogen dicht. 'Mammoeten…' mompelde hij nadenkend.

Nathalie was blij dat ze even stopten. Ze trok haar laarzen uit en ging naast hem staan. Hangend over de reling volgde ze het water, dat rustig voorbijkabbelde. Het was heel helder; ze kon de steentjes op de bodem tellen. Geen vissen, zag ze opeens. Ze wilde Scott erop wijzen, maar toen ze naast zich keek, viel ze bijna achterover van schrik. Scott stond in brand!

'Scott!' gilde ze.

Scott opende zijn ogen en hapte naar adem. 'Wat gebeurt er?'

'Weet ik veel! Ik deed niks.'

Scott begon wild op en neer te springen. Met beide handen sloeg hij op zijn shirt en zijn broek, maar het hielp niets.

'Doe iets!' schreeuwde hij paniekerig en hij greep haar armen stevig vast.

Een tel later begon ook Nathalie te gillen. 'Wat doe je nou, sukkel! Nu sta ik ook in de fik!'

Scott keek haar alleen maar met grote ogen aan. Zijn mond stond open in een verschrikt 'aaah'. Hij kneep haar armen bijna fijn.

'De rivier!' gilde Nathalie. 'Kom op!'

Ze hees zich op de reling, trok Scott naast zich en samen sprongen ze in het water. Ze gingen kopje-onder, maar de vlammen doofden niet. Happend naar adem kwam Nathalie boven. Ze had het heel warm en alles om haar heen was wazig. Scott hield haar nog steeds krampachtig vast. Hij deed zijn mond open om iets te zeggen, maar Nathalie kon niet horen wat, want op dat moment werd alles zwart.

8

'Oké,' zei Frian. 'Omdat de dag bijna om is, zou iedereen nu ongeveer moeten weten bij welke groep hij hoort: Stekkers of Flitsers. Als we de groep in tweeën splitsen, kan ik jullie zo je huis of appartement wijzen. Morgen komen we hier weer samen. Dan zal ik jullie meer uitleg geven en kunnen jullie het vuurspringen gaan oefenen.'

Hij liet zijn blik door de kamer glijden en aarzelde. 'Hé, waar zijn Nathalie en Scott?' vroeg hij met gefronste wenkbrauwen. 'Zijn ze nog niet terug?'

De mensen keken hem zwijgend aan.

'Dat forse meisje met dat donkere steile haar en die bleke jongen met die bril,' verduidelijkte Frian.

Nog steeds geen reactie.

'Dat meisje dat naar de wc rende.'

'O, die zijn nooit meer teruggekomen,' riep een vrouw die achteraan bij het raam stond.

'Wat?'

Verschillende mensen knikten.

Frian mopperde even voor zich uit en hief zijn armen in een hulpeloos gebaar. 'Oké, daar ga ik straks wel achteraan. Laten we eerst de groep verdelen. De Stekkers rechts en de Flitsers links. Rechts: je blijft. Links: je wilt naar huis.'

De verdeling was snel gemaakt. Iedereen wist waar hij hoorde. Ook Audrey twijfelde geen moment en voegde zich bij de Flitsers. De kleine Alexander stond naast haar en keek een beetje angstig. Audrey bekeek de andere groep en schrok, toen ze een vrouw zag die wild op en neer sprong. Om haar heen hing een mist, die steeds dikker werd. De groep week uiteen en de vrouw rende naar de deur. Het was alsof ze door de mist werd meegezogen. Het kringelde om haar heen en achter haar aan.

Bij de deur hield Frian haar tegen. Hij worstelde met armen en benen die geen lijf leken te hebben en probeerde de vrouw te kalmeren. 'Rustig aan, rustig aan, er is niets aan de hand.'

Hij greep de leuning van een stoel en duwde de armen en benen op de zitting. De mist werd iets doorzichtiger en Audrey kon het gezicht van de vrouw weer zien.

'Wat gebeurt er?' bibberde ze. 'Waar komt die mist vandaan? En waarom volgt het mij?'

Frian knielde bij haar neer.

'Dit is wat er gebeurt als je twijfelt. Je weet niet of je hier moet blijven of naar huis wilt gaan.'

De vrouw knikte.

'Je moet voor jezelf bepalen of je je probleem wel wilt oplossen,' vervolgde Frian. 'En daar helpt de mist je bij.'

'Ik zie allemaal mensen, het lijkt wel of ze me achtervolgen,' fluisterde de vrouw.

'Laat het over je heen komen. De beelden zullen je helpen een beslissing te nemen.'

Het hoofd van de vrouw ging heftig heen en weer.

Frian pakte haar hand vast. 'Toe maar. Ik blijf bij je. Er kan niets gebeuren.'

'O...oké,' stotterde de vrouw.

De mist werd dichter en dichter en langzaam verdwenen ook haar armen en benen in de nevel. In de ontvangstkamer was het doodstil. Iedereen keek gespannen naar de ondoorzichtige wolk, die op de stoel leek te zitten. Hij deinde licht heen en weer, alsof hij ademde. Na een paar minuten klonk er een snik. De wolk veranderde langzaam in slierten mist en de vrouw werd weer zichtbaar. Haar gezicht was nat van de tranen en ze veegde ze beschaamd weg.

Frian stond op en trok haar overeind. 'Gaat het?'

De vrouw omhelsde hem stevig. 'Bedankt,' snotterde ze. 'Ik had niets om naar terug te gaan, dacht ik. Maar mijn man mist me, hij houdt van me.' Ongelovig schudde ze haar hoofd. 'Ik moet terug naar huis om het goed te maken.'

Frian maakte zich los en duwde de vrouw zachtjes richting de linkerhoek. Audrey klopte haar vriendschappelijk op de schouder en Frian glimlachte dankbaar. Hij keek op zijn horloge. 'Oké, het wordt nu echt laat. Ik ga de Stekkers hun nieuwe huizen wijzen. Weten de Flitsers ondertussen al met wie ze een tweetal zullen vormen?' Hij wees naar de hoek met de Flitsers. 'Straks krijgt ieder tweetal een appartement toegewezen. O ja, kinderen onder de twaalf moeten zich aansluiten bij twee ouderen. Ik zie jullie zo weer.'

En voor Audrey er erg in had, was hij verdwenen. De groep Stekkers liep in stevige looppas achter hem aan naar buiten.

꧁ 9 ꧂

Versuft keek Nathalie om zich heen. Ze zat in het gras, omringd door witte bloemetjes. De wereld was weer helder. Ze bewoog al haar gewrichten en constateerde dat alles nog werkte. Ze had nergens pijn, behalve in haar hoofd, maar dat kwam waarschijnlijk door de schrik. Haar kleren waren nat, maar nog wel helemaal heel. Ze kon geen enkel schroeiplekje vinden. Had ze misschien alleen maar gedroomd dat ze in brand stond? En die brug dan? Die was ook nergens meer te bekennen. Ze tuurde over de vlakte, maar het dorp waar ze op weg naartoe waren, kon ze niet meer vinden. Ook geen heuvels trouwens. Ze moesten ergens anders beland zijn.

Opeens hoorde ze iets achter zich. Ze draaide zich om en zag Scott zitten, leunend tegen een boompje. Ook bij hem droop het water uit zijn haar en kleren, maar het leek hem niet te storen.

'Wat gebeurde er nou? Waar zijn we?' vroeg Nathalie.

Scott haalde zijn schouders op. 'Geen idee. We stonden in brand en toen kwamen we hier terecht.'

'Dus dat was geen droom. Maar waar kwam dat vuur dan vandaan? En hoe kan het dat we nog leven?'

'Ik weet het niet, Nathalie. Voor mij is dit ook allemaal nieuw.'

'Vond je het dan niet eng?'

'Jawel. Maar we zijn er toch nog? Het zag er blijkbaar gevaarlijker uit dan het was.'

Nathalie krabbelde overeind en keerde hem de rug toe. Hij had natuurlijk gelijk. Ze waren niet gewond geraakt in het vuur. Maar op het moment dat het vuur zich verspreidde, had ze doodsangsten uitgestaan. Ze dacht dat ze levend zou verbranden! Maar het leek wel alsof het Scott allemaal niets kon schelen. Het ene moment schreeuwde hij de longen uit zijn lijf van angst en het volgende moment deed hij alsof er niets was gebeurd. Zijn onverschilligheid maakte haar razend. Het liefst zou ze teruggaan naar het ontvangstgebouw en hem aan zijn lot overlaten. Maar helaas wist ze de weg terug niet. Dus telde ze tot tien – en nog wat verder – zuchtte eens flink en draaide zich iets kalmer weer om.

Scott lag op zijn zij en bestudeerde de bloemen.

'Madeliefjes en duizendblad,' wees hij.

'Kunnen we nu verdergaan?' vroeg Nathalie zo rustig mogelijk. 'We moeten een slaapplaats zoeken, en droge kleren.'

'Is het je al opgevallen dat hier helemaal geen mieren lopen? En geen torren? En geen...'

'Ja-ha! En het is hier koud. Ik wil weg.'

Scott keek haar gekwetst aan. 'Oké, we gaan al.' Hij zweeg even en voegde er toen toch nog aan toe: 'Maar dat is toch raar?'

Nathalie negeerde hem en draaide een rondje om de omgeving te verkennen. 'Welke kant, denk je?' vroeg ze ongeduldig. 'Die kant? Of...'

Ze ademde scherp in en Scott keek verbaasd op. 'Wat?'

'Scott?' piepte Nathalie angstig. 'Wat is dat?'

Scott stond op en kwam naast haar staan.

Een eind verderop kwam achter een groepje bomen een beest tevoorschijn. En nog een. En nog een. Het werden er steeds meer en ze kwamen steeds dichterbij. Nathalie kneep in Scotts arm.

'Ze komen hierheen. We moeten hier weg.'

'We kunnen nergens heen, Nathalie. Er is hier geen plek om ons te verstoppen. Maar ze hebben ons nog niet gezien. Ze zijn gewoon aan het grazen. Blijf laag en maak geen geluid, dan komt het wel goed.'

Nathalie ging meteen plat op de grond liggen en gluurde boven de bloemetjes uit, maar ze kon niets zien. Scott kwam naast haar op zijn knieën zitten. Lange tijd gebeurde er niets. Toen voelde Nathalie de grond trillen. 'Wat gebeurt er?' vroeg ze angstig.

Scott gebaarde dat ze moest blijven liggen. 'Niets.'

Het trillen werd erger en er klonk een soort gesnuif. Nathalie tilde haar hoofd wat verder op. Meteen leek het of haar hart stil bleef staan. Op een paar meter afstand stond het grootste beest dat ze ooit had gezien. Hij was minstens vier meter hoog. Enorme slagtanden krulden vanaf zijn bek omhoog richting de kuif op zijn kop. Zijn lange donkere haren hingen tot op de grond. Het beest bracht met zijn slurf een dot gras naar zijn bek en kauwde er langzaam op. Hij slikte het met een misselijkmakend geluid weg en stampte terug naar zijn maatjes.

Nathalie trilde nog harder dan de grond. Ze slikte en slikte, maar haar mond bleef kurkdroog. 'Wat... zijn... dat?' wist ze uiteindelijk uit te brengen.

Scott trok haar omhoog, zodat ze naast hem op haar knieën zat. 'Mammoeten,' fluisterde hij opgewonden. 'Het zijn mammoeten!'

Nathalie bekeek de kudde nog eens en besefte dat hij gelijk had.

'Wauw, ze zijn nog groter dan ik dacht,' ging Scott verder.

Nathalie kon alleen maar knikken.

'Wauw, echte mammoeten,' verzuchtte Scott. 'Moet je zien wat een lange haren ze hebben.'

Nathalies hoofd ging nog steeds op en neer.

De mammoeten stampten naar een plekje verderop en Scott stootte haar aan. 'Zeventien.'

'Huh?'

'Het zijn er zeventien. Dus geen vijftig. En al helemaal geen honderd.'

'O.'

'Gaaf, hè? Echte mammoeten.'

'Ja.'

Hij gaf haar een duw tegen haar schouder. 'Kom op. Zelfs jij moet dit gaaf vinden.'

Nathalie kreeg haar hoofd weer onder controle en keek hem aan. 'Het is echt super. Maar ik kom liever niet te dicht in de buurt.'

'Dat hoeft ook niet. Vanaf hier kunnen we het toch goed zien?'

De tranen prikten achter Nathalies ogen. 'Ik vind ze eng,' bekende ze fluisterend. 'Ze zijn zo groot. En ik ben moe, ik wil slapen. En… en we zijn ook nog verdwaald.'

Scott legde een natte arm om haar heen. 'Ik ben er toch om je te beschermen? Hoe vaak krijgen we nou de kans om echte mammoeten te zien? Ze zijn allang uitgestorven! We kunnen toch nog wel even blijven kijken?'

Nathalie duwde zijn arm hardhandig weg. Ze voelde de woede

omhoogborrelen. 'Dankzij jouw, jouw… fikkie… zijn we hier terechtgekomen, dus je zorgt maar dat we hier weer wegkomen ook,' snauwde ze kwaad.

Scott staarde naar de kudde mammoeten verderop en zei niets.

Ze trok aan zijn arm, maar hij bleef gewoon zitten. 'En ze zijn duidelijk niet uitgestorven,' mopperde ze.

Toen Scott nog steeds geen antwoord gaf, liet ze zich achterover in het gras vallen. Waarom was ze met dat stomme joch weggegaan? Ze had in dat gebouw moeten blijven, waar het warm was en droog. En… mammoetloos. 'Ik heb het koud. M'n voeten bevriezen,' klaagde ze zachtjes.

Eindelijk draaide Scott zich om. 'Zo koud is het toch niet? Je hebt je vest nog om je middel hangen. Trek dat dan aan.'

'Het is nat. En voor het geval je het nog niet in de gaten had…' Ze wees op haar voeten. 'M'n laarzen staan nog op de brug.'

Scott volgde haar blik en barstte in lachen uit.

Nathalie gaf hem een flinke duw. Wat dacht hij wel? Eerst verdwaalden ze dankzij hem en nu lachte hij haar nog uit ook.

'Sorry,' hikte Scott. 'Oké, laten we maar gaan dan. Eens kijken of we een plek kunnen vinden om te slapen.'

'Ergens waar het warm is,' voegde Nathalie er hoopvol aan toe.

10

'Zo,' zei Frian. 'Nu kunnen we eindelijk op weg naar jullie appartementen. Pak allemaal een survivalrugzak uit die hoek en houd hem goed bij je. Bekijk de inhoud straks maar eens. Als je vragen hebt, kun je ze opschrijven en morgenochtend aan mij stellen. Iedereen klaar? Dan gaan we.'

Opgewonden fluisterend hesen ze allemaal een rugzak op hun rug en volgden Frian naar buiten, waar ze de open plek en het bos al snel achter zich lieten. Ze liepen tussen twee flats van vierhoog door en het fluisteren verstomde meteen. Een eindeloze rij appartementenblokken strekte zich uit zo ver ze konden kijken, gele aan de ene kant en lichtblauwe aan de andere kant van de straat. De groep haastte zich achter Frian aan, die alweer verder was gelopen.

'Dit is de Flitserswijk,' vertelde hij, terwijl hij naar de gebouwen gebaarde. 'Hier krijgen alle Flitsers een tijdelijk onderkomen toegewezen.'

'Het is gigantisch,' zei een jongetje dat met grote ogen om zich heen keek.

'Maar wel erg stil,' merkte een jonge vrouw op.

'Dat klopt,' antwoordde Frian. 'Het is natuurlijk al laat en de meeste mensen hier gaan op tijd naar bed; een oplossing vinden vergt vaak een hoop energie. Overdag zijn veel Flitsers op aarde om hun problemen op te lossen. En andere zonderen zich af om zich te concentreren op een oplossing.'

De vrouw knikte begrijpend.

Na een wandeling van een paar minuten bleven ze staan voor een geel geplamuurd appartementenblok. Op de eerste verdieping brandde een eenzaam lichtje, verder zag het er verlaten uit. Boven de deur was een grote 50 geschilderd. Het einde van de straat was nog lang niet in zicht en Audrey vroeg zich af hoe ver hij doorliep.

'Elk blok heeft een nummer. Dat staat boven de deur,' wees Frian. 'In dit blok zijn pas een aantal appartementen vrijgekomen.'

Hij haalde een brief uit zijn zak en wees drie tweetallen aan. 'Jullie zitten in dit gebouw. Appartement 50-115, 50-120 en 50-303. Het eerste cijfer na het bloknummer is de verdieping en de laatste twee cijfers staan voor je kamer. Dus 50-120 is op de eerste verdieping, kamer 20. Oké?'

Iedereen knikte, maar de aangewezen teams bleven afwachtend staan.

'Dan kunnen jullie nu naar binnen om je te installeren,' zei Frian met een knikje naar de ingang.

'Krijgen we geen sleutel?' vroeg een blonde jongen.

'Die heb je hier niet nodig. Er zijn geen criminelen in Nergens, dus je kunt rustig alle deuren openlaten.'

'O.'

'Maar hoe...' begon een ander verward.

Frian stak zijn handen sussend in de lucht. 'Ik wil nu eerst iedereen naar zijn nieuwe onderkomen brengen. Dan kunnen jullie uitrusten en alles laten bezinken. Morgen beantwoord ik jullie vragen.'

De teams stribbelden nog wat tegen, maar kregen geen antwoorden meer uit Frian. Dus namen ze afscheid en verdwenen in het gebouw. De overgebleven groep begaf zich naar het volgende blok.

Na een snelle ronde door de wijk, door oneindige straten met rode, paarse, oranje en groene huizen, had iedereen een slaapplek en bleven alleen Frian en Audrey over.

'Zo, dat hebben we ook weer gehad,' zuchtte Frian. 'Zullen we de snelle weg naar huis nemen?'

Hij wilde Audrey al naar zich toe trekken, maar ze hield hem tegen.

'Laten we dat morgen nog eens proberen. Nu loop ik liever.'

'Oké dan, maar het is best een eind, hoor.'

'Dat geeft niet. Het is toch nog heerlijk warm.'

'Ja, het koelt hier niet veel af 's nachts.'

Audrey wierp een blik op de wolkeloze, donkere hemel. 'Is het overal in Nergens zo warm?'

'O nee, maar dit deel van Nergens is wel het grootst. De meeste mensen houden van warmte en zon, dus delen we alle Flitsers hier in.'

'Vandaar dat deze wijk zo groot is,' zei Audrey.

'We zijn nu aan de rand van de wijk. Als je de andere kant op gaat, kun je uren lopen voor je bij het laatste blok bent.'

'Maar er zijn dus ook koude gebieden?' vroeg Audrey.

'Ja hoor. Geloof het of niet, er zijn Stekkers die liever in een koud klimaat leven. En ook dieren natuurlijk.'

'Wat voor dieren dan?'

'Dat laat ik je nog wel een keer zien.'

Ze liepen zwijgend verder, terwijl Audrey alles in zich opnam. De gebouwen hier waren een beetje saai, ondanks de vrolijke kleuren die ze hadden gekregen. Maar het zag er wel allemaal goed verzorgd uit. Elk blok had een voortuin, met vreemde struiken en kleurige bloemen, waartussen een keurig pad naar de voordeur liep. De ingangen werden verlicht door een simpele buitenlamp en op de hoeken van elk blok stond een lantaarnpaal, die een warm licht over de straat wierp.

'We zijn bijna bij het einde van de Flitserswijk,' zei Frian.

Audrey volgde zijn wijzende vinger met haar ogen.

'Wauw! Dat is mooi!'

Ze versnelde haar pas tot ze voor het verlichte park stond dat de Flitserswijk scheidde van de rest van Nergens. Midden tussen de vreemde struiken en bloemen stond een enorme boom, met een metersdikke stam. Verder naar boven splitste de stam zich in kleinere takken, die zich weer splitsten in nog kleinere takjes. Aan de uiteinden zaten bosjes paarse stekels.

'Wauw,' zei Audrey nog eens.

'Mooi, hè? Kom maar eens wat dichterbij.'

Ze volgde Frian het park in en bekeek de boom van dichtbij. Nu pas zag ze de smalle, gedraaide tak, die zich als een touw rond de boom had geslagen, alsof hij hem wilde beschermen.

'Ik heb nog nooit zoiets gezien. Wat is het voor boom?'

'Het is de voorganger van de drakenbloedboom. Hij is al eeuwen niet meer op aarde gezien.'

Audrey snoof.

'Een drakenbloedboom? Daar heb ik nog nooit van gehoord.'

'Hij is ook heel zeldzaam. Hij komt alleen voor op de Canarische

Eilanden. In plaats van paarse heeft hij groene stekels en geen touw om de stam.'

'Maar hoe is deze boom dan hier gekomen?' vroeg Audrey.

'Alle planten en dieren die uitsterven, komen in Nergens,' zei Frian.

'Ook dinosaurussen?'

'Ook dinosaurussen, ja,' grinnikte Frian.

'Ik heb altijd al eens een T-rex in het echt willen zien.'

'Dan moet ik je toch teleurstellen. De mens heeft nooit samengeleefd met de T-rex. Ze leven in een ander deel van Nergens. In een deel waar wij niet kunnen komen.'

'Jammer,' zei Audrey.

'Zullen we verdergaan? Ik woon verderop.'

'Oké.'

☙ 11 ❧

Nathalie draaide en draaide, maar ze kon niet in slaap komen. Ze lagen onder een groepje bomen met dichte takken, waar ze na een wandeling van zeker een uur terecht waren gekomen. Het zag er niet naar uit dat ze snel iets beters zouden vinden, dus hadden ze besloten daar de nacht door te brengen.

Nathalie was doodop, maar ze had het nog steeds koud en ze lag niet lekker. Steeds probeerde ze aan iets leuks te denken. Aan iets waar ze vrolijk van werd, iets luchtigs. Het lukte niet. Elke keer dwaalden haar gedachten af naar haar laarzen. Haar mooie, nieuwe laarzen, die nog op de brug stonden. Misschien wel in de regen. En ze was vergeten ze in te spuiten. Verdorie! Waarom moest ze die dingen dan ook uittrekken? Als ze nou maar wist waar die brug was, dan zou ze misschien haar laarzen terugvinden. Ze probeerde zich de omgeving voor de geest te halen. De paarse bloemen, de heuvels, de huisjes in de verte. En de brug zelf, met zijn donkere planken en...

Ze voelde een bekende tinteling door zich heen gaan. Snel ging ze overeind zitten. Tot haar verbazing hing er een blauwe gloed om haar handen heen. Het voelde aangenaam warm aan. Maar terwijl ze keek, nam de gloed af en kroop de kou weer in haar lichaam. Nathalie fronste. Toen kreeg ze een idee. Ze visualiseerde de brug nog eens. En de beek die eronderdoor kabbelde. Meteen ontwaakte er een vuurtje in haar binnenste. Nathalie concentreerde zich nog harder. Ze wenste dat ze op die brug stond, zag zichzelf er al bijna staan.

De vlammen likten aan haar armen en benen. 'Ho ho!' riep ze geschrokken. 'Nog niet!'

Scott, die met zijn rug naar haar toe had liggen snurken, hief zijn hoofd half op en mompelde: 'Wat? Wat is er?' Hij draaide zich om, terwijl hij de slaap uit zijn ogen wreef. 'Het is al wat warmer geworden, hè? Het lijkt wel alsof we bij een knapperend haardvuur... Aaah! Nathalie? Niet weer, hè?!'

Nathalie grinnikte en liet het vuur doven.

Scott gaapte haar alleen maar aan.

Na een korte stilte stond Nathalie op en trok Scott aan zijn armen omhoog. 'Kom op, we gaan hier weg.'

'Wat? Waarheen?'

'M'n laarzen ophalen en een warm, zacht bed opzoeken.'

'Hoe?'

'Het is heel makkelijk. Dat vuur is een soort transportmiddel, denk ik. Weet je nog hoe die brug eruitzag? En die heuvels en dat dorp?'

Scott knikte versuft. Nathalie gaf hem een tik tegen zijn achterhoofd.

'Au!'

'Wakker worden, slome. Je moet je concentreren, anders lukt het niet.'

Scott wreef met een pijnlijk gezicht over zijn hoofd. 'Je hoeft toch niet...'

'Niet zeiken. Ik wil hier weg.'

'Oké, oké.'

'Zie je het voor je?'

'Yep.'

'Oké dan. Concentreer je alleen daarop. Wens jezelf erheen. Zíé jezelf... O, het lukt al.'

Scott staarde verbluft naar zijn gloeiende handen. 'Weet je zeker dat dit werkt?'

'Er is maar één manier om daarachter te komen. Ik zie je op de brug. Hoop ik.' Nathalie sloot haar ogen en binnen een paar seconden stond ze in vuur en vlam.

℘ 12 ℘

Ze passeerden de ene villa na de andere en Audrey keek haar ogen uit. Aan de ene kant van de straat stonden typisch Spaanse huizen: laagbouw in warme kleuren met pilaren en togen en ongetwijfeld grote zwembaden in de achtertuinen. Aan de andere kant van de straat stonden grote villa's in Romeinse stijl met zuilen tot aan het dak, hoge ramen en deuren, en aan alle kanten balkons.

Ze liepen de hoek om, de volgende straat in.

'Ik zou hier bijna willen blijven,' zei Audrey.

'Bijna?'

'Ik kan mijn moeder niet zomaar achterlaten bij mijn vader. Wie weet wat hij haar aandoet.'

'Ja, dat is waar.'

Audrey fronste haar wenkbrauwen. Wat wist hij daarvan? Frian maakte een verontschuldigend gebaar toen hij haar zag kijken.

'Sorry, als je mensen ontvangt bij de toonbank krijg je ook te horen wat hun problemen zijn.'

'O.'

'Dus dat scheelt jou een hoop uitleg.'

'Ja, dat is waar. Maar wat ik nog niet begrijp...'

Frian keek haar van opzij aan. 'Ja?'

'Jij woont hier, dus dan ben je toch een Stekker?'

'Klopt.'

'Hoe kunnen wij dan samen een team zijn?'

'Tja, dat is mij ook nog niet helemaal duidelijk. Ik ben op de een of andere manier een Flitser geworden.' Hij staarde peinzend naar zijn voeten, terwijl ze verderliepen. Hij zag er een beetje somber uit.

'Ik ben wel blij dat je nu een Flitser bent,' zei Audrey in een poging hem op te vrolijken. Toen bedacht ze iets: 'Waarom ben jij eigenlijk in Nergens? Dat heb je nog helemaal niet verteld.'

'Ik ben ongeneeslijk ziek.'

Audrey wist even niet wat ze moest zeggen. 'O, wat... eh... wat vervelend voor je,' stotterde ze uiteindelijk. 'Maar... je bent nu een Flitser.'

'Ja?'

'Nou, dan is het misschien toch niet ongeneeslijk.'

Frian glimlachte naar haar en hield stil. 'Daar zeg je me wat.' Hij gebaarde naar een groot ijzeren hek met daarop de cijfers *2269*. 'We zijn er.'

Het hek gleed open.

Frian pakte Audreys hand en trok haar mee de oprijlaan op. Zijn hand voelde warm en zacht aan. Audreys onderbuik kriebelde aangenaam. Ze liepen over een smal pad dat tussen twee vijvers door kronkelde. Het pad werd verlicht door kleine lantaarns, die ook langs de rand van de vijvers stonden. In het water zwommen grote en kleine vissen driftig op en neer. Uit de rieten kap van het huis piepten twee dakkapellen tevoorschijn. Nostalgische luiken sierden de zes manshoge, smalle ramen aan weerszijden van de voordeur. Eronder kwamen de twee vijvers samen. Via een ijzeren bruggetje en een kleine trap kwam het tweetal bij de voordeur in het midden. Frian liet Audrey los en drukte op een knop onder de bel.

'Wauw,' was het enige dat Audrey wist uit te brengen, toen er onder ieder raam een fontein tot leven kwam. De verlichting onder het opspuitende water liet de druppels door de lucht dansen.

Frian opende de voordeur en maakte een weids gebaar. 'Treed binnen in mijn nederig huis.'

'Graag.'

Frian gooide zijn rugzak onder de kapstok. 'Kijk maar rustig rond. Installeer jezelf. Dan ga ik Scott en Nathalie halen.'

'Kan ik niet mee?' vroeg Audrey, terwijl ze haar rugzak naast de zijne liet vallen.

Frian keek haar weifelend aan. 'Ik weet niet waar ze zijn en of ze zich in de nesten hebben gewerkt. Dus dat lijkt me geen goed idee.' Hij fronste zijn wenkbrauwen en sloot zijn ogen.

'Wat doe je? Wat is er?' vroeg Audrey ongerust.

Frian opende zijn ogen en staarde naar een punt in de verte. Toen klaarde zijn blik op. 'Het ziet ernaar uit dat het al is opgelost,' zei hij met een glimlach.

'Hoe weet je dat?'

'O, dat is iets wat begeleiders onderling hebben. Een soort telepathie. Het komt wel goed met Nathalie en Scott. Er is een andere hoeder in het ontvangstgebouw. Hij zal ze naar hun appartement brengen.'

'Dus dan kun je me nu een rondleiding geven?'

'Ik zal je alles laten zien. Laten we beginnen met... Wat is er?'

Audrey voelde een vreemde tinteling in haar buik en legde haar handen erop. 'Ik weet niet, mijn buik doet een beetje raar.'

'Doet het pijn?'

'Nee, het is meer...'

'Pak je rugzak,' onderbrak Frian haar.

Hij draaide zich meteen om en was in een paar stappen terug bij de kapstok. Terwijl Audrey niet-begrijpend bleef staan, duikelde hij met rugzak en al in een gat in de vloer. Audrey had nog geen tijd voor een halve stap, want een seconde later verdween de grond onder haar voeten.

ꕥ 13 ꕥ

'Yes! Ze staan er nog!'

Nathalie drukte haar laarzen tegen zich aan, terwijl Scott hoofdschuddend toekeek.

'Jij bent echt erg,' constateerde hij uiteindelijk.

'Weet je wel wat die laarzen hebben gekost?'

'Dat wil ik niet eens weten.'

Nathalie bekeek hem van top tot teen en fronste haar wenkbrauwen. 'Nee, jij waarschijnlijk niet.'

'Wat is er nou zo bijzonder aan die dingen dan?'

'Dit is de nieuwste mode. Iedereen wil zulke laarzen hebben.'

'Niet iedereen, Nathalie.'

'Mensen die iets om hun uiterlijk geven, willen ze wel.' Waarschijnlijk trapte ze hem met deze opmerking tegen het zere been, maar dat was dan jammer. Ze kon zo toch niet met hem over straat!

'Waarom is uiterlijk zo belangrijk voor jou?' vroeg Scott.

'Waarom is uiterlijk niet belangrijk voor jou?' kaatste Nathalie terug.

'Wat doet het ertoe hoe ik eruitzie? Ze pesten me toch wel!' riep Scott wanhopig. Hij sloeg met zijn vuist op de reling van de brug.

Nathalie kreeg nu toch een beetje medelijden met hem. 'Ben je boos?' vroeg ze voorzichtig.

Scott zuchtte. 'Ja, maar niet op jou. Sorry dat ik tegen je schreeuwde.'

Nathalie gaf hem een speelse duw tegen zijn schouder. 'Volgens mij werd het hoog tijd.'

'Hoog tijd voor wat?'

'Dat je eens voor jezelf opkomt.'

'Ja ja.'

'Scott! Wees nou eens niet zo'n slappeling! Daarom word je gepest!'

Stilte.

'En door je uiterlijk. Daar moeten we echt iets aan gaan doen, Scott. Dat scheelt al een hoop.'

'We?'

Zijn hoopvolle blik ontging haar niet. Misschien werd het tijd dat ze eens wat goeds deed voor een ander. Scott was zo erg nog niet. Als je zijn gezeur en zijn zweetlucht even vergat.

'Ja, we. Ik help je wel.'

Scott knikte blij.

'Zullen we gaan?'

'Waarheen, mevrouw?'

'Terug naar het ontvangstgebouw?'

'Uitstekend idee.'

ᘓ 14 ᘐ

Audrey landde niet al te zachtzinnig op een natte stoep. In tegenstelling tot in Nergens was het hier dag. Frian stond al overeind met de rugzak op zijn rug. Hij stak zijn hand uit en hielp haar omhoog.

'Wat gebeurde er nou?' riep Audrey uit.

Frian legde een vinger op zijn lippen en speurde de straat af. Niemand. 'We zijn naar de aarde geflitst. Waarschijnlijk om iets te zien wat ons naar een oplossing kan leiden.'

'Ik schrok me kapot, zeg!' zei Audrey, terwijl ze de viezigheid van haar broek veegde en om zich heen keek. 'Hé, deze straat ken ik. Ik woon hier vlakbij.'

'Dan zijn we hier dus om jouw probleem op te lossen.'

'Oké. Hoe dan?'

'Dat weet ik niet. We zullen eens rondkijken.'

Op dat moment klonken er zware voetstappen vanuit een steegje achter hen. Ze staken snel de straat over en doken ineen achter een geparkeerde auto. Frian moest plotseling hard hoesten en hij kromp in elkaar. Audrey sloeg hem zachtjes op zijn rug.

'We hadden jassen mee moeten nemen, het is hier koud,' fluisterde ze. Maar ze vergat de kou onmiddellijk toen ze zag wie er met grote stappen de steeg uit kwam wandelen. 'Dat is hem. Mijn vader.'

Frian stak zijn neus boven de motorkap uit. 'Hij gaat dat trappenhuis in. Pak de verrekijker eens uit de rugzak, dan kunnen we het beter zien.'

Audrey ritste de rugzak open en graaide erin tot ze de kijker had gevonden. Nu kon ze precies zien wat er aan de overkant in het trappenhuis gebeurde. Haar vader stond te praten met een man in een dikke winterjas en een muts die tot vlak boven zijn ogen was getrokken. Hij deed een greep in zijn zak en hield een envelop omhoog. Frian trok de rugzak naar zich toe en haalde er een fotocamera uit. Terwijl de vreemde man de envelop aanpakte, maakte hij foto na foto. De man wierp een blik in de envelop en knikte goedkeurend. Audrey begreep meteen wat er aan de hand was. Haar vader had die man een envelop met geld gegeven. En een dikke ook! Daar moesten aardig wat briefjes in zitten. Maar waarom gaf hij die vent zo veel geld? Zou hij iets gekocht hebben bij hem of...

'Zeg jongelui, wat zijn jullie daar aan het doen?'

Audrey schoot van schrik rechtop en liet de verrekijker bijna uit haar handen vallen. Frian liet de camera in de rugzak glijden voordat hij zich omdraaide. Een man met grijs haar en een wandelstok keek hen vragend aan.

'Ehm... we moeten voor school vogels bestuderen, meneer. En er... eh... zat daar een roodborstje.'

De oude man begon meteen te stralen. 'Vogels! Wat leuk! Vroeger ging ik altijd naar het bos om vogels te kijken. Met mijn vader.'

'Goh, wat leuk,' mompelde Audrey.

De oude man klopte haar zacht op haar schouder. 'Ga vooral verder, kinders. Laat je door mij niet afleiden.' En hij schuifelde verder over de stoep.

Audrey haalde opgelucht adem. Ze kon nog net een stiekeme blik op het trappenhuis aan de overkant werpen, voordat de grond zich onder hen opende. Haar vader en de man waren verdwenen.

∞ 15 ∞

'Nathalie, ben je al wakker?'

Scott duwde de deur van de slaapkamer een stukje open. 'Nathalie?'

'Ja, ik ben wakker. Wat is er?'

'We moeten zo meteen terug naar het ontvangstgebouw.'

'Oké, ik kom er aan. Hebben we iets te eten in huis?'

'Ik heb nog niet gekeken.'

'Misschien kunnen we onszelf ook transporteren naar een tafel vol met eten?'

'Kleed jij je eerst maar eens aan. Ik zal wel kijken of er iets in de kastjes staat.'

'Ja, baas.'

Toen Nathalie met natte haren uit de badkamer stapte, probeerde Scott een tafel vol met eten voor zich te zien.

'En? Lukt het?'

'Voor geen meter.'

'En in de keukenkastjes?'

'Niets.'

'De koelkast?'

'Ook leeg.'

Nathalie bond haar haar bij elkaar met een elastiekje en liep naar de koelkast. Die was inderdaad helemaal leeg.

'Ook vreemd, hij staat wel aan. Waarom zou je een koelkast aanzetten als je er toch niets in legt?'

'Balen zeg, ik had net zo'n zin in een groot glas melk.'

Nathalie proestte het uit. 'Melk? Is dat het beste wat je kunt bedenken?'

Ze wierp nog even een blik in de koelkast, waarna ze de deur dichtgooide. Maar toen verstijfde ze. Had ze dat nou goed gezien?

Ze trok de deur weer open.

'Er is niets lekkerder dan een groot glas koude melk bij het ontbijt,' ging Scott vanaf de bank onverstoorbaar verder.

Nathalie antwoordde niet. Ze was met stomheid geslagen. In de deur van de koelkast stond een pak melk. Ze stak voorzichtig haar hand uit. De kou trok direct in haar vingertoppen toen ze het pak aanraakte. Zwijgend staarde ze ernaar. Deze wereld werd steeds vreemder.

Scott was inmiddels opgestaan. 'Zullen we dan maar op zoek gaan naar een supermarkt?'

Nathalie grinnikte. 'Ik denk niet dat dat nog nodig is. Wat wil je als ontbijt?'

'Ehm... nou, een gebakken ei met spek zou er wel in gaan.'

In de onderste la van de koelkast lagen opeens een ei en een pakje ontbijtspek. Nathalie hapte naar adem.

'Wat?' vroeg Scott toen hij haar gezicht zag.

Nathalie deed de koelkast wat verder open. 'Kijk zelf maar.'

'Hé! Hij was leeg!'

Nathalie knikte. Met een triomfantelijke grijns zei ze: 'Ik lust eigenlijk wel een hotdog.'

Nu hapte ook Scott naar adem.

'Probeer het ook maar eens. Is er nog iets wat je graag zou willen?'

Scott boog voorover en zei nadrukkelijk tegen de koelkast: 'Een bakje komkommersalade graag.'

Op de bovenste plank verscheen zijn bestelling.

Nathalie sloeg hem hard op zijn rug en lachte: 'Dit is te gek! Zou dat met de kastjes ook werken?'

'Laten we het proberen.'

Ze stonden op en gingen met z'n tweeën voor het eerste keukenkastje staan.

'Ehm... misschien een stokbrood?' stelde Scott voorzichtig voor.

Hij opende het kastje en jawel, daar lag een voorverpakt stokbrood op hem te wachten.

'Ik lust eigenlijk wel een Engels ontbijt. Zou je dat ook kunnen krijgen?' vroeg Nathalie zich af. Ze keek hoopvol in het kastje, maar er gebeurde niets.

'Ik denk dat we het wel zelf moeten klaarmaken. Mijn ei met spek ligt ook in de koelkast.'

'Jammer.'

'Zeg maar wat je wilt, dan maak ik het wel klaar,' zei Scott.

'Ah, dat is lief van je,' zei Nathalie. En ze meende het nog ook. Die Scott viel eigenlijk best mee. Oké, er was nog heel wat werk aan de winkel, maar hij was in ieder geval best aardig. Soms. Als hij niet te veel zeurde over insecten en mammoeten en zo.

'Dus, zeg het maar, mevrouw,' zei Scott, terwijl hij naar het kastje gebaarde.

'Dat Engelse ontbijt komt morgen wel. Ehm… een hotdog heb ik al, maar wat ketchup en mayo erbij is wel lekker. En een tosti graag.'

'En peper en zout voor over mijn ei,' voegde Scott er snel aan toe. Hij pakte de ingrediënten uit het kastje en ging aan de slag.

Niet veel later zaten ze tegenover elkaar te genieten van hun eerste ontbijt in Nergens.

☙ 16 ❧

Audrey rekte zich uit en gaapte luidruchtig. Ze had eindelijk eens goed geslapen. Heerlijk rustig. Ze was niet wakker geworden van zware voetstappen in de gang, de voordeur die hard dichtsloeg of het gesnik van haar moeder vanuit de badkamer. Hoewel ze wel pas heel laat naar bed was gegaan, had ze gewoon de hele nacht door kunnen slapen.

Snel deed ze haar kleren aan, schoof de gordijnen open en verliet de logeerkamer. Bij daglicht zag de villa er nog indrukwekkender uit dan gisteravond in het donker. De zon scheen naar binnen door de zes smalle ramen, die tot het plafond reikten, en verlichtte de deuren ertegenover. Audreys maag knorde ongeduldig. Eerst maar eens wat eten.

Door de openstaande deur aan het einde van de gang zweefde een heerlijke geur haar kant op. Audrey gaf haar ogen onderweg naar de keuken goed de kost.

'Wat heb je toch een prachtig huis,' verzuchtte ze, terwijl ze zich op een van de barkrukken hees.

Frian haalde een stokbrood uit de oven en draaide zich om. 'Ja, hè?'

'Hoe kun je dit allemaal betalen?'

'In Nergens hoef je niets te betalen. Alles is gratis.'

'Dus je hebt deze enorme villa met alles erin voor niks gekregen?'

'Yep.'

'Wauw.'

'Als je in Nergens blijft, krijg je vanzelf een huis toegewezen dat bij je past.'

'O, dus dit past goed bij jou: groot en duur...'

Audrey dook snel weg toen Frian zijn ovenhandschoen naar haar hoofd gooide.

'Zeg jij maar niks. Jij zou vast een middeleeuws kasteel krijgen als je hier bleef.'

Audrey stak haar tong naar hem uit, maar toen werd ze weer serieus. 'Waarom denk je dat mijn vader die man zo veel geld gaf?'

Frian leunde tegen het aanrecht en keek haar aan. 'Ik denk dat die man iets voor hem gedaan heeft. Dat hij hem heeft ingehuurd.'

'O ja, dat kan ook nog! Ik dacht eigenlijk dat hij iets van hem had gekocht.'

'Zoals? Drugs of zo?'

'Ik weet het niet. Het kan in ieder geval niet veel goeds zijn, volgens mij.'

'Nee, dat denk ik ook niet. Maar we komen er nog wel achter. Maak je er nou maar niet te druk om.'

Audrey zuchtte. 'Dat valt nog niet mee.'

Frian klopte bemoedigend op haar hand en draaide zich om. Hij sneed het stokbrood doormidden en hield de stukken omhoog. 'Laten we maar eens gaan eten, anders wordt het brood koud. Wat wil je erop?'

'Wat heb je?'

'Alles wat je maar kunt bedenken.'

'Sandwichspread?'

Frian opende de koelkast en zette zeven potten naast elkaar op tafel. 'Komkommer, fijne tuinkruiden, tomaat lente-ui, naturel, pikante groenten, Mexicaans en mediterraans,' somde hij al wijzend op. 'Volgende keer iets specifieker zijn graag.'

Audrey keek verbaasd naar de potten voor haar neus. 'Jeetje, je hebt alle smaken in huis! Nou, doe mij maar pikante groenten.'

Op slag verdwenen de overige smaken van tafel. Audrey slaakte een gilletje van schrik. 'Wat was dat?'

'Dat krijg je als je wat specifieker bent,' antwoordde Frian, die duidelijk zijn best moest doen om het niet uit te schateren.

'Hoezo? Leg uit.'

Maar Frian keek haar met pretoogjes aan en zei alleen: 'Ik leg het je later wel uit. Nu moeten we opschieten, want zo meteen komen de Flitsers bij elkaar in het ontvangstgebouw. En ik moet de groep overdragen aan een andere begeleider.'

'Ah, toe nou! Vertel!' Audrey wilde weten wat er aan de hand was. Potten sandwichspread verdwijnen niet zomaar in het niets. Was dit weer typisch iets van Nergens, net zoals de bewegende muur? Of kon Frian gewoon goed goochelen? Ze probeerde hem over te halen om nog iets los te laten, maar hij at zijn brood op en zei niets meer. Uiteindelijk besloot ze om over iets anders te beginnen.

'Wat doen de Stekkers eigenlijk de hele dag?'

'O, sommige mensen werken gewoon, andere besteden al hun tijd aan hobby's, of ze zijn hoeder, zoals ik. Wil je de sandwichspread aangeven?

Dan ruim ik even op.'

Audrey reikte hem de pot aan en Frian legde zijn hand eromheen. Zijn vingers raakten de hare, veel langer dan nodig was. Of was dat maar verbeelding? Ze trok haar hand terug en praatte snel verder.

'Maar zijn hier dan ook gewone banen, zoals thuis?'

'Niet echt zoals thuis. Er zijn wel mensen die in winkels werken. Maar die werken daar omdat ze dat leuk vinden.'

Audrey fronste haar wenkbrauwen. 'Ik dacht dat alles gratis was in Nergens.'

'Dat is ook zo. Maar het is soms wel handig als er iemand in de winkel is die jou de juiste spullen kan wijzen. En zo zijn er ook boeren, die van alles verbouwen op de akkers. Timmermannen, bakkers, postbodes. Maar veel zijn dat er niet, hoor. De meeste mensen genieten van hun vrijheid.'

'Dat lijkt me heerlijk!' lachte ze.

Frian gaf haar een speelse duw tegen haar schouder. 'Kom, we gaan.'

17

Nathalie zat tegenover Scott in de ontvangstkamer en bestudeerde de inhoud van de survivalrugzak op haar schoot.

'Lucifers, een kaars, een stuk touw, een rond ding met letters en een bewegende wijzer erop...'

Scott pakte het aan en schoot in de lach. 'Dat is een kompas.'

Nathalie griste het ding uit zijn handen en legde het bij de andere spullen. 'Dat wist ik heus wel,' snauwde ze.

'Hé, wacht eens.'

'Wat?'

'Geef nog eens.'

Nathalie reikte hem het kompas aan.

'Dat is raar,' zei Scott. 'De naald draait de hele tijd rond.'

'Ja, vreemd.' Nathalie wist eigenlijk niet precies wat er vreemd aan was, maar Scott zou haar zeker weer uitlachen als hij doorhad dat ze er echt geen verstand van had. 'Kijk,' wees ze. 'Nu draait-ie de andere kant op. Waarom doet hij dat?'

Scott schoof zijn bril omhoog en hield het kompas vlak onder zijn neus. 'Hm... niemand weet toch waar Nergens ligt? Dit kompas blijkbaar ook niet.' Hij gaf het terug aan Nathalie. 'Wat zit er nog meer in?'

'Verband, een mes, een zaklamp, batterijen, een verrekijker, een fototoestel, een regencape, een fles water en een blik witte bonen in tomatensaus,' somde Nathalie op. 'Wat moeten we in hemelsnaam met al die spullen? We gaan toch niet kamperen?'

'Nou ja, je weet maar nooit. Wat nou als we midden in de Sahara terechtkomen?'

Nathalie rilde bij de gedachte. 'Gadver! Met al dat zand dat overal tussen kruipt en van die enge kriebelbeestjes? Mij niet gezien!'

Scott boog zich over zijn eigen rugzak en ritste het voorvak open. 'Kijk nou, allemaal portemonneetjes met geld erin. Euro's, dollars, roepia's, yens, ponden...' Hij legde ze allemaal op tafel, zodat er een hoge stapel zwart leer ontstond.

Nathalie voelde zich meteen een stuk beter. 'Wauw! Nu kunnen we in elk land van de wereld iets kopen!'

Scott wierp haar een verwijtende blik toe. 'Nathalie, ik denk niet dat het de bedoeling is dat we gezellig gaan winkelen.'

Nathalie dacht aan Eefje en voelde het bloed naar haar wangen stijgen. 'Nee, je hebt gelijk. Zullen we dan maar gaan beginnen?' Ze gooide snel de spullen terug, ritste de rugzak dicht en hees hem op haar rug. De slaapzak en winterjas legde ze op haar schoot. 'Ik ben er klaar voor.'

Scott veegde de berg leer in zijn rugzak. 'Moeten we niet luisteren naar Frians uitleg over dat vuurspringen?'

'Waarom? Dat kunnen we toch al? Ik ga liever aan de slag met mijn pro... ik bedoel onze problemen. En trouwens, volgens mij is hij alweer klaar met zijn uitleg.'

Scott draaide zich om en zag dat de groep zich had gesplitst in tweetallen, die druk met elkaar aan het praten waren. 'Oké, vertel dan maar eens waarom je hier bent.'

Nathalie aarzelde. Nu moest ze hem vertellen dat haar zusje door háár schuld was vermist. Hoe vertelde je zoiets aan iemand? 'Oké, het zit zo,' begon ze. 'Ik moest een avond op mijn zusje passen en toen is ze weggelopen.'

'Wat?!' Scott boog zich over de tafel naar haar toe.

'Ja,' ging Nathalie verder. 'Ze is misschien wel ontvoerd en wij moeten haar vinden.'

'Dat kan het niet zijn!' riep Scott verontwaardigd uit. 'Wij kunnen toch geen ontvoerders opsporen? Daar heb je de politie voor.'

'Toch wel, want daarom ben ik hier.'

'Dat geloof ik niet, ik ga het aan Frian vragen.' Hij vloog van zijn stoel en liep met grote passen naar de andere kant van de kamer, waar Frian en Audrey zaten te praten.

Nathalie stond zuchtend op en volgde hem.

'Frian, ik heb een vraag,' begon Scott, nog voordat hij de tafel bereikte.

Maar hij kreeg geen antwoord, want op dat moment zakten Frian en Audrey, met rugzakken, slaapzakken en winterjassen, door de grond.

ꕤ 18 ꕤ

Vadim Similjov zat in zijn kleine, donkere keuken zijn leven te overdenken boven een niet meer zo vol glas wodka. Hij gooide net het laatste beetje achterover toen Audrey en Frian voor zijn neus tegen de harde, stenen vloer smakten. Met stoel en al kukelde hij achterover. De wodka belandde in het verkeerde keelgat en het glas kletterde op de grond aan diggelen. Audrey was zelf nog niet bekomen van de plotselinge reis en wist niet of ze moest wegrennen of de bebaarde man te hulp schieten. Na een eindeloos gehoest en geproest hees Vadim zich half overeind. Hij deed een greep in zijn broekzak en zette een klein, verbogen brilletje op zijn neus. Met samengeknepen ogen staarde hij hen aan. Audrey en Frian keken onzeker terug. Hoe moesten ze aan deze man uitleggen waar ze vandaan kwamen? Te zien aan de wazige blik in zijn ogen en de lege fles op tafel, had hij aardig wat wodka op. Misschien konden ze hem wijsmaken dat ze gewoon via de achterdeur waren binnengekomen? Audrey krabbelde overeind en stak haar hand uit naar de man. Deze aarzelde even, maar liet zich toen dankbaar omhoog helpen. Ze liet hem snel weer los toen hij steun had gevonden aan de tafel. Zo bleven ze tegenover elkaar staan. Audrey kon zijn hersenen bijna horen kraken. Na een lange stilte begonnen zijn ogen opeens te stralen en een brede lach maakte zijn wangen nog boller.

'Teper ja ponel eeto!' riep hij.

Audrey fronste haar wenkbrauwen en keek Frian vragend aan, maar die haalde zijn schouders op.

'We don't understand,' probeerde Audrey in haar beste Engels.

'Ah!' riep de man en hij sloeg met zijn vlakke hand tegen zijn bezwete voorhoofd. 'Sorry, daar dacht ik even niet aan,' ging hij in het Engels verder. 'Ik zei: nu snap ik het!'

'Wat snapt u?' vroeg Audrey.

'Jullie komen uit Nergens. Wat geweldig! Welkom in mijn huis, vrienden!'

Audrey en Frian wisselden een verbaasde blik.

'Hoe weet u...?' begon Audrey, maar de man was haar voor.

'Ik ben zelf ook in Nergens geweest. Lang geleden...' Hij staarde dromerig voor zich uit. 'Ik ben trouwens Vadim.'

Audrey en Frian schudden hem de hand en stelden zich voor.

Vadim gebaarde naar de lege keukenstoelen. 'Ga zitten. Willen jullie iets drinken? Wat kan ik voor jullie doen?'

Terwijl ze de rugzakken weglegden, veegde Vadim de stukken glas van de grond en pakte drie nieuwe glazen en een volle fles wodka uit de kast.

Audrey hield snel haar hand boven haar glas. 'Voor mij niet, dank u.'

Ook Frian weigerde, dus zat alleen Vadim met een vol glas voor zich. 'Vertel!' riep hij en zijn stem schalde door de keuken. 'Wat brengt jullie naar het prachtige Rusland?'

'Rusland?!' riepen Audrey en Frian in koor.

De man proestte het uit, waardoor druppeltjes wodka over de tafel vlogen. Hij knipoogde naar Audrey. 'Zeker jullie eerste keer?'

Audrey knikte en schoof haar stoel wat verder naar achteren, bij de man vandaan. Hij was misschien vriendelijk, maar ze vertrouwde hem toch niet helemaal. Ze keek met afschuw toe hoe de Rus zijn glas leeggoot in zijn keel.

'Vadim zal jullie wel eens vertellen hoe het werkt,' zei hij, terwijl hij vergenoegd in zijn handen wreef.

'We weten hoe het werkt,' zei Frian snel. 'Als je aan een mogelijke oplossing denkt, ga je vanzelf naar de plek waar je die kunt vinden.'

'Inderdaad!' riep Vadim uit. 'De oplossing, of iets wat je naar de oplossing kan leiden... En in dit geval ben ik dat!'

Audrey snoof. Het leek haar erg sterk dat deze dronken, onverzorgde man hen kon helpen.

Vadim had haar twijfel blijkbaar opgemerkt, want hij sprong plotseling op. Hij moest zich aan de stoelleuning vasthouden om niet om te vallen. 'Ik zet koffie, dan kunnen we beter nadenken,' kondigde hij aan. 'Of hebben jullie liever thee?'

Even later zaten ze alle drie boven een dampende mok. De thee was veel te sterk en de koffie waarschijnlijk ook, want Vadim keek al wat helderder uit zijn ogen. Audrey ontspande zich een beetje.

'Oké,' begon de Rus. 'Vertel me jullie probleem.'

Frian schraapte zijn keel. 'Ik ben ziek.'

'Wat vervelend. En daarom was je in Nergens?'

'Ja, er is geen geneesmiddel voor. Het is een onbekende ziekte.'

'Wat zijn de symptomen?'

'Duizeligheid, verlies van spierkracht, ademnood en soms misselijkheid.'

Vadim schonk zijn mok nog eens vol en roerde er nadenkend in. 'Waar dachten jullie aan voordat je hier neerplofte?'

Audrey verslikte zich in haar thee en voelde de warmte naar haar hoofd stijgen. 'Ik had nog niets bedacht,' zei ze snel. Ze kon wel door de grond zakken van schaamte. Toen ze zo met Frian had zitten praten over een oplossing voor zijn ziekte, had ze zich voorgesteld hoe het zou voelen om hem nooit meer te kunnen zien. Om nooit meer dicht tegen hem aan te kunnen staan tijdens het vuurspringen, om geen gezellige gesprekken meer te kunnen voeren, om niet gezamenlijk te kunnen ontbijten, helemaal niets. Dat idee vond ze vreselijk. Maar in plaats van na te denken over een oplossing, waren haar gedachten afgedwaald naar zijn sterke armen, zijn prachtige ogen, zijn...

Vadim richtte zijn blik weer op Frian. 'En jij? Waar dacht jij aan?'

'Ik wenste dat ik iemand kende die een medicijn voor me kon maken. Maar dat heb ik al zo vaak gedacht en ik ben nog nooit hier op aarde terechtgekomen.'

'Aha!' zei de Rus en hij sprong zo abrupt op dat de koffie over de rand van zijn mok spetterde. 'Dat is het!'

Hij rende de keuken uit en liet Audrey en Frian verbaasd achter.

'Waar zijn we in hemelsnaam beland?' fluisterde Audrey. 'Wat moeten we met die enge vent?'

Frian wilde antwoorden, maar op dat moment hoorden ze gehaaste voetstappen naderen. Vadim hing hijgend in de deuropening en gebaarde wild naar hen.

'Kom nou! Volg mij!'

Ze renden achter de man aan, de keldertrap af. Vadim knipte het licht aan en een rommelig laboratorium werd zichtbaar. Of iets wat ervoor door kon gaan. De linkerwand ging schuil achter een grote plank met daarop bloempotten in alle soorten en maten en erboven hingen grote lampen. Uit sommige potten stak een stukje groen en hier en daar was een bloemetje zichtbaar. De grond eronder lag bezaaid met aarde, takjes en bladeren.

Tegen de rechterwand stond een grote boekenkast vol dikke pillen met titels als *Kruidenalfabet, Planten genezen* en *Bollen en knollen*. Een lange rij kleine kruidenpotjes hield de bovenste plank bezet. Midden in de kelder stond een enorm bureau, volgeladen met bakjes, potjes, stapels volgekladderd papier, een rek reageerbuisjes en nog veel meer.

'Mooi, hè?' vroeg Vadim trots.

Audrey probeerde enthousiast te knikken. 'Nou!'

'Ik ben botanicus, oftewel professor in de plantkunde. Sinds ik terug ben uit Nergens bestudeer ik planten met geneeskundige krachten. Je moest eens weten hoeveel dat er zijn.'

Frians gezicht lichtte op. 'En u kunt er ook geneesmiddelen van maken?'

'Jazeker! Maar ik heb nog niets nuttigs uitgevonden.'

Audrey voelde de teleurstelling door zich heen trekken. 'Maar waarom zijn we dan hier?'

'Misschien moeten we het samen uitvinden?' bedacht Vadim.

'En hoe lang doe je erover om een nieuw geneesmiddel uit te vinden?'

'Dat ligt eraan. Soms is het lang zoeken naar de juiste ingrediënten en soms heb je in één keer de goede te pakken. Zoals deze pil. Kijk.' Hij liep naar het bureau en pakte een klein doosje op met een doorzichtige deksel. In het doosje zaten drie minuscuul kleine, witte pilletjes. 'Dit zijn pilletjes tegen hoofdpijn,' vertelde de Rus.

'Maar die bestaan al,' zei Audrey.

'Jazeker, maar niet zo klein. Ze bevatten dezelfde hoeveelheid werkende stoffen als een gewone aspirine, maar zijn veel kleiner.'

'Dus makkelijker door te slikken,' vulde Audrey aan. Ze draaide zich om naar Frian. 'Moet je zien hoe klein ze zijn.'

Frian gaf geen antwoord. Hij wankelde en probeerde houvast te vinden aan de plank met potten.

Audrey rende naar hem toe en kon hem nog net vastpakken voordat hij met zijn gezicht in de rommel viel. 'Frian? Wat is er?'

De Rus snelde ook toe en samen hielpen ze hem naar de trap, waar hij zich moeizaam op een tree liet zakken.

'Wat is er, Frian?' vroeg Audrey nogmaals. 'Je ziet helemaal wit.'

Vadim hurkte voor Frian neer. 'Hij wordt zieker.'

'Zieker?' vroeg Audrey verschrikt.

'Zolang hij op aarde is, verslechtert zijn toestand. Jullie moeten zo snel mogelijk terug naar Nergens.'

'Maar ik weet niet hoe!'

'We moeten iets bedenken. Iets waarmee we dichter bij een oplossing komen.'

Audrey knikte. Ja, logisch nadenken. Waarom waren ze hier? Wat had deze Rus waarmee hij Frian kon helpen? Had het iets met de planten te maken? Kon hij een geneesmiddel voor Frian bereiden? Maar waarom was Frian hier dan nooit eerder beland? 'Wat is er veranderd waardoor we nu hier zijn?' vroeg ze zich hardop af. 'Frian heeft al eerder aan nieuwe medicijnen gedacht.'

Vadim staarde naar zijn plantjes langs de muur. 'Ik weet het niet.'

'Hoe kom je aan een nieuw geneesmiddel?'

'Door nieuwe planten te gebruiken,' zei Vadim.

‘Oké, maar waar vind je nieuwe planten?’

‘Die kun je kweken. Ik kan een kruising maken tussen twee of meer planten.’ Vadim sprong meteen overeind en rommelde met de reageerbuisjes en potjes op het bureau. ‘Dat is het! Ik heb pas een nieuwe kruising gemaakt. Perfect tegen buikpijn en misselijkheid. Ik noem het Vadimblad. Ik had er niets aan, omdat het dezelfde werking heeft als aspirine, maar als ik dit weer kruis met iets tegen ademnood en spierverslapping. O ja, en duizeligheid…’ Hij draaide zich om. ‘Als jij dan voor Frian wat water haalt…’ Hij realiseerde zich plotseling dat hij tegen een lege ruimte stond te praten. ‘Frian? Audrey?’

Hij rende de trap op, door de woonkamer de keuken in. Niemand. ‘Hallo?’ Vadim begreep er niets van. Waar waren ze nou opeens gebleven? Ze konden toch niet zomaar… Toen drong het tot hem door. Hij sloeg zichzelf tegen het voorhoofd. Natuurlijk! Ze hadden de oplossing bedacht! En nu waren ze teruggeflitst naar Nergens.

Vadim maakte een rondedansje door de keuken. Bulderend van het lachen hopte hij om de tafel heen. Hij haastte zich terug naar de kelder, trok wat bladeren van de planten, greep een paar kruidenpotjes en begon aan zijn nieuwe missie.

ꟸ 19 ꟹ

Nathalie klapte bijna dubbel van het lachen bij het zien van Scotts gezicht. Hij stond geschokt en kwaad tegelijk te kijken naar de plek waar Audrey en Frian net nog zaten.

'Sta daar niet zo te lachen,' gromde hij. 'Wat moeten we nu?'

Nathalie zoog een teug lucht naar binnen. 'Toch maar mijn zusje gaan zoeken dan. Of je moet willen wachten tot de vervanger van Frian hier is.'

Scott mopperde nog wat onverstaanbaars, maar liep toch terug naar hun tafel. 'Oké, vertel me alles wat je weet.'

'Ik weet eigenlijk niks. Alleen dat ze ontvoerd is toen ik even niet oplette.'

'Hoe kan iemand nou zomaar je huis binnenlopen en je zusje meenemen?'

'Zo is het ook niet gegaan. Ze is... ze was... wat maakt het ook uit hoe ze is ontvoerd? Ze is meegenomen en wij moeten haar vinden, oké?' Ze sloeg haar armen over elkaar en keek hem boos aan.

'Oké, rustig maar. Ik beschuldig je nergens van. Ik zoek alleen naar aanwijzingen. Zonder aanwijzingen komen we niet ver namelijk.'

Nathalie voelde haar woede wegzakken. Misschien moest ze hem toch vertellen wat er was gebeurd. Maar dan zou hij haar niet meer willen zien, net als haar ouders. Dan was ze weer alleen. En alleen kon ze Eefje niet vinden. Nee, ze kon het hem niet vertellen. 'Sorry, ik weet niks.'

Scott keek haar taxerend aan, alsof hij probeerde te achterhalen of ze de waarheid sprak. Het was net of hij dwars door haar heen keek en Nathalie werd er behoorlijk zenuwachtig van. Ze wendde haar blik af.

'We zouden geen Flitsers zijn als er geen oplossing was,' zei ze na een tijdje.

Scott knikte. 'Dat is waar. Er moet een oplossing zijn en wij kunnen hem vinden.'

'Nou, ik niet, want ik heb er al uren over nagedacht.'

Nathalie kon zich ook niet meer concentreren, want om hen heen zakte het ene na het andere team door de grond. Het zag er heel vreemd uit als er opeens een gat in de grond verscheen, er twee mensen met slaapzakken, rugzakken en dikke winterjassen in vielen, terwijl de stoelen waar ze op hadden gezeten gewoon bleven zweven. Nathalie schaterde het uit toen twee oude vrouwtjes naast hen met een hoog gilletje en opwaaiende rokken verdwenen. Hier en daar lagen achtergebleven winterjassen en rugzakken. Een paar tafels verderop had iemand tijdens zijn val een kop thee losgelaten. Een straaltje donker nat drupte langs de tafelpoot naar beneden.

Bij het raam verdwenen twee mensen in de diepte. Een van hen vergat tijdens zijn val zijn slaapzak vast te houden. Nathalie boog zich naar Scott toe. 'Moet je opletten.'

Scott volgde haar wijzende vinger. De slaapzak plofte voor het raam op de grond. 'Hij had zijn slaapzak niet goed vast. Eigen schuld,' zei Scott.

'Nee nee, dat bedoel ik niet. Wacht maar af.'

De achtergebleven Flitsers gingen verder met hun discussies. Een paar minuten lang gebeurde er niets. Toen begon de slaapzak te bewegen.

Scott stootte ruw met zijn elleboog in Nathalies zij. 'Moet je zien!'

'Au! Ja, dat bedoel ik dus. Let maar eens op.'

De slaapzak gleed over de vloer naar de muur, schoof een stukje bij het raam vandaan en wachtte daar rustig tot een grijze jas voor hem langs naar de muur kroop. Daarna vervolgde hij zijn weg, om uiteindelijk samen met de jas in een gat in de muur te verdwijnen. Het gat sloot zich meteen achter hen.

Scott stond op en bekeek de muur van dichtbij. Hij voelde aan de stenen, duwde ertegen, maar er gebeurde niets.

Nathalie kwam achter hem staan. 'Zin om op onderzoek uit te gaan?'

'Moeten we niet nadenken over je zusje?'

'Jawel, maar ik kan me niet concentreren. Misschien gaat het beter als we even pauze hebben gehouden.'

Scott haalde zijn schouders op. 'Oké dan.'

Ze lieten hun spullen liggen en verlieten de kamer.

'Zullen we eens een kijkje nemen in een van de andere kamers?' vroeg Nathalie, nadat ze had geconstateerd dat de gang verlaten was.

'Prima,' antwoordde Scott en hij gebaarde dat ze voor mocht gaan.

Nathalie legde haar oor tegen de eerste deur die ze tegenkwam. Het was stil aan de andere kant. Voorzichtig opende ze de deur op een kier en gluurde naar binnen, het duister in. Ze schrok toen ze een paar ogen haar kant op zag kijken en bleef als bevroren in de deuropening staan.

Een reus van een vent keek haar met doordringende ogen in een donker gezicht vragend aan. Scott had over haar schouder gekeken en drukte zich nu angstig tegen de muur. De reus bekeek Nathalie van top tot teen, terwijl hij dichterbij kwam. Toen de man in het licht stapte dat door de deur naar binnen viel, deinsde Nathalie achteruit. Misschien was het beter om ervandoor te gaan, maar Nathalie kon haar ogen niet van zijn enorme armen afhouden. Het leken wel boomstammen. Eén tik daarmee en je had een hersenschudding. Ze moest het slim spelen als ze hier heelhuids weg wilde komen. Misschien een ouderwetse trap in zijn kruis? Dat werkte altijd goed. Zelfs de sterkste man zakte in elkaar als ze haar laars in zijn kruis plantte. Ze zette zich schrap en... de man stak zijn hand uit. Nathalie deinsde nog verder achteruit.

Op het gezicht van de reus verscheen een brede glimlach. 'Rustig maar, ik doe je niets,' zei hij vriendelijk. 'Je hoeft niet bang te zijn.'

'Pfff! Bang? Ik ben niet bang,' antwoordde Nathalie, terwijl ze zijn hand schudde en er extra hard in kneep.

'Ik ben Sean,' stelde de reus zich voor. 'Begeleider in Nergens, ik was net een paar nieuwe lampen aan het indraaien.' Hij nam hen nog eens goed op. 'Maar jullie zitten toch niet in mijn groep?'

Hij gebaarde naar de deur waar ze voor stonden.

'Nee, wij komen uit die kamer,' wees Nathalie.

'O, jullie zijn tussen zes en acht aangekomen. De groep van Frian.'

Nathalie knikte. 'Ja, maar hij is weggeflitst.'

De reus fronste zijn wenkbrauwen. 'Weggeflitst? Kijk eens aan, dat is mooi! Ik heb al een andere begeleider opgeroepen, die zal er snel zijn.'

'Hoe wist u eigenlijk dat we tussen zes en acht hier zijn aangekomen?' vroeg Nathalie, die niet zo geïnteresseerd was in de nieuwe begeleider.

Sean wees naar het bordje boven de deur. 'Dat staat daar. Iedere groep is ingedeeld op aankomsttijd,' legde hij uit. 'Zo werkt het hier. Nog meer vragen?'

'Nou,' begon Scott verlegen. 'We probeerden erachter te komen waar de rugzakken en zo heen gaan.'

'Ah! Jullie hebben de grote verdwijntruc gezien. Volg mij maar.' Sean liep met flinke stappen naar het einde van de gang en wachtte tot Nathalie en Scott bij hem kwamen staan. 'Dit is de bergruimte.' Hij gebaarde naar de achterwand.

Behalve een lelijk schilderij met allerlei kleuren en vormen was er niets te zien. Die man hield hen waarschijnlijk voor de gek.

'Mooi, hè?' zei Sean toen hij haar naar het schilderij zag kijken. 'Dat is een echte Picasso. Niemand kent dit schilderij, want hij heeft het hier gemaakt en aan de begeleiders van Nergens geschonken. Ik weet nog goed dat we het hier ophingen. De dag erna flitste hij terug naar de aarde.'

Scotts ogen werden zo groot dat het gewoon eng was om ernaar te kijken. 'Hebt u Picasso gekend?' riep hij uit. 'De echte?'

'Jazeker. Ik heb hem een paar keer gesproken. Een vreemde man.' Sean staarde naar het schilderij. 'Hij was ook al oud toen hij hier kwam. Een maand voor zijn dood ging hij terug naar de aarde.'

'Dan is dit schilderij dus een vermogen waard!'

Sean schudde zijn hoofd. 'Het schilderij blijft hier. Hij heeft het aan ons geschonken.'

Scott bloosde tot in zijn nek. 'Ja ja, nee nee, dat bedoel ik ook niet...'

'Maar hoe zit het nou met die bergruimte?' kwam Nathalie tussenbeide. Ze had nu wel weer genoeg gehoord over die dode schilder. Heel interessant, maar niet heus.

'O ja,' zei Sean. 'De bergruimte.' Hij schraapte zijn keel en vouwde zijn handen alsof hij ging bidden.

'Geachte bergruimte. Mag ik uw domein betreden?' vroeg hij plechtig.

Hij greep de deurkruk vast, die midden in de deur verscheen, en betrad de ruimte.

Nathalie kon haar lachen amper inhouden. 'Geachte bergruimte? Dat meen je niet serieus, hè?'

Sean keek haar met opgetrokken wenkbrauwen aan. 'Pardon? Je moet deze ruimte wel met respect behandelen, hoor!'

Nathalie rolde met haar ogen. Wat een overdreven gedoe.

Scott toonde zijn respect door een buiging te maken voordat hij naar binnen stapte.

Toen Nathalie achter hem aan liep, boog Sean zich naar haar toe. 'Trapt die oliebol overal zo makkelijk in?' Hij wees met zijn duim over zijn schouder en Nathalie proestte het uit.

Scott keek verbaasd achterom.

'Het was maar een grapje, Scott,' zei Nathalie, toen ze eindelijk uitgelachen was.

Scott staarde beteuterd naar de grond en Sean legde zijn hand op zijn schouder.

'Kop op, jongen. Je moet wel tegen een grapje kunnen. Je bent heus niet de eerste die erin trapt, hoor!'

Hij duwde Scott terug naar de deur.

‘Steek je hand maar eens uit.’

Scott deed wat hem gezegd werd.

‘Iets meer naar het midden. Kijk, daar is de deurkruk al. Als je eenmaal weet waar hij zit, kun je de deur zo openen.’

Nathalie probeerde het ook. De deurkruk verscheen op het moment dat haar hand bijna de deur raakte. Wanneer ze hem terugtrok, werd de deurkruk weer onzichtbaar. ‘Waarom is dat eigenlijk?’ vroeg ze aan de reus.

‘Tja, dat weet ik ook niet. Dat is een van de vele geheimen van Nergens.’ Hij sloot de deur en ging hun voor de ruimte in. ‘Hier aan de rechterkant komen de rugzakken binnen. Waar zijn die van jullie?’

‘Die hebben we in de kamer achtergelaten.’

‘Dan zullen ze zo wel aankomen. Het duurt altijd een paar minuten voordat ze hier zijn.’

‘Dus als we de spullen achterlaten, komen ze vanzelf hier terug?’

‘Precies. Ook als je ze op aarde zou achterlaten. Dan flitsen ze vanzelf terug naar de bergruimte.’

‘Handig.’

‘Zeker, maar het is beter om ze bij je te houden. Stel je voor dat je opeens een goed idee krijgt. Dan sta je zonder spullen op aarde.’

Scott wees naar de muur. ‘Kijk, daar komt iets.’

Twee setjes rugzakken met slaapzakken vielen uit een gat in de muur en schoven netjes in het juiste vak in de kast langs de wand. De jassen volgden niet veel later en hingen zichzelf bij de juiste maat aan het rek langs de andere wand.

‘Dat ziet er echt heel raar uit,’ zei Scott na een lange stilte. ‘Rugzakken en jassen met pootjes.’

Sean lachte. ‘Je zult hier nog wel meer vreemde dingen tegenkomen.

Maar ik moet nu gaan, jongens. Als ik jullie was, zou ik de spullen weer meenemen. Je weet nooit wanneer je ze nodig hebt.'

Dus hesen Nathalie en Scott de rugzakken, slaapzakken en jassen op hun rug en namen afscheid van Sean.

꘏ 20 ꘏

'Frian? Frian, waar ben je?'

Audrey rende als een bezetene door Frians huis en schreeuwde haar stem schor. Ze rukte alle deuren open die ze tegenkwam en vond hem uiteindelijk in zijn slaapkamer. Hij lag op bed met zijn ogen dicht.

'Frian?' Audrey liep naar het bed en pakte zijn hand vast. Hij reageerde niet. Hij voelde koud aan en zijn gezicht was spierwit.

Terwijl ze zijn hand warm wreef, bleef ze zachtjes tegen hem praten. Na een tijdje zag ze iets veranderen. Zijn ademhaling werd minder oppervlakkig. De kleur kwam langzaam terug in zijn gezicht. Hij kneep in haar hand en eindelijk opende hij zijn ogen.

'Hoe gaat het?' vroeg Audrey, terwijl ze nog steeds zijn hand stevig vasthield.

'Gaat wel,' antwoordde Frian.

'Zal ik een beetje water voor je halen?'

'Ja, heel graag.'

Audrey liep terug naar de keuken en in een mum van tijd stond ze weer naast Frians bed met een vol glas. Frian hees zichzelf overeind en klokte de inhoud naar binnen.

Audrey zette het lege glas op zijn nachtkastje. 'Wat gebeurde er nou?' vroeg ze.

'Ik had niet gedacht dat het zo snel zou gaan,' zei Frian. 'Als ik terug naar de aarde ga, word ik zieker. Waarschijnlijk wordt het proces versneld omdat ik al een tijdje hier in Nergens ben.'

'O,' zei Audrey. 'Maar hoe moeten we dan verder zoeken naar een medicijn? Als jij elke keer instort als we op aarde zijn, komen we niet ver!'

'Tja, dan zullen we voortaan iets sneller moeten denken.'

'Kan ik niet gewoon alleen gaan?'

Frian pakte haar hand en trok haar dichter naar zich toe. 'We zijn een team, Audrey. En we gaan dit samen oplossen. Ik ben net zo blij dat ik jou nu bij me heb.'

Audrey voelde haar wangen warm worden. Bedoelde hij dat ze goed voor hem zorgde of vond hij haar leuk? 'Maar...'

'Stil nou maar, het komt wel goed. Nu wil ik eerst een beetje frisse lucht.'

'Moet je niet even blijven liggen?'

'Nee, het gaat wel weer. Hier in Nergens heb ik nergens last van.' Hij lachte om zijn eigen woordgrapje.

'Nou, je zag er daarnet anders akelig ziek uit,' merkte Audrey op.

'Ik moest alleen even bijkomen,' antwoordde Frian, terwijl hij uit bed stapte. 'Zie je wel? Niks aan de hand. Kom mee.'

Audrey pakte zijn uitgestoken hand en liet zich mee naar buiten trekken. Ze maakte zich nog een beetje zorgen, maar hij zag er inderdaad wel beter uit.

Ze liepen door een klein houten hekje achter in de tuin, dat uitkwam op een bospad. Audrey snoof de lucht van dennennaalden op en ontspande zich. 'Kom je hier vaker?' vroeg ze.

Frian knikte. 'Als ik tot rust wil komen of na wil denken, loop ik altijd een rondje door dit bos.'

'Het is hier wel stil, zeg.'

'Heerlijk, hè?'

'Hé, dat lijkt wel sneeuw.' Audrey wees naar de bomen een stukje verderop.

'Dat is ook sneeuw,' antwoordde Frian.

Ze liepen ernaartoe en hoe verder ze liepen, hoe witter de grond en de bomen werden. Frian bukte zich en maakte een sneeuwbal. Hij draaide zich om naar Audrey en gooide de bal naar haar toe. Audrey dook razendsnel opzij en schepte een handvol sneeuw van de grond. Met een paar passen was ze bij Frian. Ze smeerde de sneeuw in zijn gezicht tot hij om genade smeekte. Hijgend bleven ze op de grond zitten.

'Hoe komt het dat het hier opeens zo koud is?' vroeg Audrey.

'Dit bos heeft verschillende jaargetijden. Bij mijn achtertuin is het zomer, hier is het winter en als we nog verder doorlopen, komen we in de herfst.'

'En daarna de lente,' vulde Audrey aan.

'Precies.'

'Maar hoe kan dat dan?'

Frian stond op en veegde de sneeuw van zijn broek. 'De waarheid?'

'Graag.'

'De waarheid is… dat ik geen idee heb.'

Audrey deed nog een greep in de sneeuw en liet het in zijn kraag vallen. 'Ik dacht dat je me een groot geheim ging toevertrouwen!' riep ze verontwaardigd uit.

Frian weerde haar lachend af. 'Als ik het wist, zou ik het je vertellen.' Hij liet het witte spul van onder zijn shirt op de grond druppen en trok haar mee, verder het bos in. Al snel werd het weer warmer en kleurden de bladeren oranje en rood.

Audrey stond stil en wees naar boven. 'Dat is een rare vogel.'

'O, dat is een Hollandse duif. Een rode staart, een blauw lijf en een witte kop. Vermoedelijk uitgestorven in 1826.'

'Uitgestorven?' riep Audrey uit. 'Maar deze leeft toch nog?'

De duif fladderde verschrikt op en landde een paar meter verder op een tak.

'Niet zo hard,' grinnikte Frian. 'Je maakt hem aan het schrikken. Ik had je toch al verteld dat uitgestorven dieren in Nergens terechtkomen? Hier leven dieren die niet op aarde konden blijven. Dieren die dus zeg maar zijn uitgestorven.'

'O ja, dat was ik vergeten. Dus ze zijn helemaal niet uitgestorven?'

'Nou ja, min of meer. Als een dier hier eenmaal is, kan hij niet – zoals wij – weer terug naar de aarde.'

Ze liepen verder en Audrey speurde de bomen af naar meer rare vogels, maar ze kon er geen ontdekken.

'De meeste uitgestorven vogels leven in een ander klimaat, dus die zullen we hier niet tegenkomen,' zei Frian.

'Jammer,' zei Audrey.

'Maar,' ging Frian verder. 'Als de Hollandse duif hier rondhangt, kun je er donder op zeggen dat zijn vriendje hier ook ergens zit.'

Hij hield zijn hand op. 'Een trosje rode bessen, alsjeblieft,' zei hij en de vruchtjes verschenen op zijn hand. 'Kom mee.' Hij trok haar mee naar een open plek, waar hij de besjes op de grond verspreidde. Hij verstopte zich achter een struik en wenkte Audrey hem te volgen. Gespannen wachtten ze af.

Na een paar minuten hoorde Audrey geritsel aan de andere kant van de open plek. De struiken bewogen en een dikke vogel met een grote snavel kwam tevoorschijn. Hij had vreemde, kleine vleugeltjes en een absurd wollig staartje. Hij draaide zijn kop van links naar rechts, scande de omgeving met zijn kraaloogjes en pikte een besje van de grond. Zo waggelde hij van het ene vruchtje naar het andere.

Audrey vroeg zachtjes om nieuwe besjes en gooide er eentje op de open plek.

Het dikke beest maakte een angstig gakgak-geluidje en hobbelde de beschutting van de struiken in. Voorzichtig gooide Audrey nog een paar besjes in het zand en ze wachtte geduldig. Na een tijdje kwam de grote snavel boven een struik uit en waggelde het beest weer de open plek op. Snel pikte hij de besjes van de grond en verdween toen weer.

'Wat was dat?' vroeg Audrey verbijsterd.

'Dat was een dodo,' grijnsde Frian. 'Cool, hè?'

'Nou! Ik had niet gedacht dat ik die ooit nog eens in het echt zou zien. Levend, bedoel ik. Kun je nog andere dieren lokken?'

Frian stond op en klopte het zand van zijn broek. 'Zullen we dat een andere keer doen? Het wordt al donker en ik ben eigenlijk best moe.'

'Ja, ik eigenlijk ook wel. Het was een lange dag.' Aarzelend pakte ze Frians hand. Zou hij dat wel goedvinden? Hij had eerder ook al haar hand gepakt, maar dat was maar even. Misschien had ze het verkeerd begrepen en… Maar Frian kneep zachtjes in haar hand en glimlachte naar haar. Ja, hij vond haar leuk.

Samen liepen ze terug naar de villa.

ꙮ 21 ꙮ

Nathalie leunde voorover op de tafel en begroef haar hoofd in haar armen. 'Ik krijg koppijn van al dat denken. Kunnen we niet wat gaan drinken?'

'We kunnen hier toch ook wat drinken? Je hoeft alleen maar te zeggen wat je wilt hebben.'

'Ja, maar ik wil hier even weg. We kunnen ergens anders ook nadenken?'

'Waar wil je dan heen? We weten de weg hier niet. Of je moet terug willen naar de mammoeten.'

'Ha ha, heel grappig. Ze zullen hier toch wel ergens een café hebben? Als we daaraan denken, komen we er vanzelf.'

'Een café? Dat vind jij wel een goede plek om na te denken?'

'Scott! Zit niet zo te zeuren. Ik ben het zat hier. We zitten maar een beetje naar een paar kale muren te staren en komen geen stap verder!'

'Oké, oké, rustig maar. Ik ga wel mee. Een café dus.' Hij deed zijn ogen dicht en klemde de slaapzak en winterjas tegen zich aan. De rugzak hing op zijn rug. Nathalie grijnsde tevreden en sloot ook haar ogen. Ze hoefde zich niet lang te concentreren. Een warme golf stroomde door haar lichaam en toen ze haar ogen opende, keek ze in het vriendelijke gezicht van een jongeman, die achter een lange bar glazen stond af te drogen.

De jongen knikte haar toe. 'Welkom in café De Ontmoeting.'

Ze glimlachte naar hem. Hij zag er niet slecht uit: precies de goede lengte, pikzwart haar in een strakke paardenstaart en doordringende donkere ogen. Ongetwijfeld een echte *latin lover.* Hij was wat fors gebouwd, maar daar kon ze wel mee leven. Via de spiegel achter hem had ze prima zicht op zijn strakke kon… o shit! Haar haar zat in de war en zonder oogschaduw zag ze er niet uit. En ze leek wel een pakezel met al die spullen. Snel liet ze alles naast zich op de grond vallen en keek om zich heen tot ze het bordje *toilet* vond. Ze had natuurlijk geen make-up bij zich, dus moest ze het doen met alleen wat water. Haar haar was zo gladgestreken en de mascara zat er nog goed op, dus zo moest het maar. Hopelijk hield de barman niet van zwaar opgemaakte meiden.

Na nog een keurende blik in de spiegel trok ze haar shirt recht en liep met opgeheven hoofd terug naar de bar. Maar voor ze de gelegenheid kreeg Latin Lover aan te spreken, werd haar aandacht getrokken door een luide vloek. Ze draaide zich om in de richting van het geluid en fronste haar wenkbrauwen. Scott stond boven op een pooltafel, met hangende schouders en gebogen hoofd. Zijn jas en slaapzak lagen voor de tafel naast een oranje bal, en er stonden twee mannen te schreeuwen en met hun keus in het rond te zwaaien. Het gezicht van de ene zat zo vol met piercings dat het net een sieradenkraam leek. Onder de sieradenkraam zat een mager lijf in een versleten spijkerbroek. De andere had een dikke plofkop en geen nek. De paar haren die op zijn hoofd groeiden, waren met veel gel strak achterovergekamd. Plofkop schreeuwde nu zo hard dat Nathalie hem vanaf de bar kon horen.

'Wat denk je wel? Je verpest ons hele spel!'

Scott mompelde iets terug wat Nathalie niet kon verstaan. Hij zag er een beetje zielig en verloren uit en kromp nog verder in elkaar toen Plofkop doorging met schreeuwen.

'Wat heb ik daaraan? We moeten helemaal opnieuw beginnen! Ongelooflijke, onhandige, stomme...'

De rest van zijn woorden ging verloren in het geschreeuw van Sieradenkraam, die duidelijk ook niet erg blij was.

Even stond Nathalie in tweestrijd. Zou ze zich omdraaien om met die leuke jongen te flirten of moest ze Scott te hulp schieten? Net op dat moment keek Scott op en hij wierp haar zo'n radeloze blik toe dat ze niet anders kon dan naar hem toe lopen. Die jongen kon ook niets zelf.

'Hallo, jongens. Wat is hier aan de hand?' vroeg ze aan de uit hun slof geschoten mannen, terwijl ze haar verleidelijkste glimlach tevoorschijn toverde.

Sieradenkraam hield meteen zijn mond en bekeek haar met glimmende ogen van top tot teen. Maar Plofkop was niet onder de indruk. Hij richtte nu al zijn woede op Nathalie. 'Deze malloot landt gewoon op onze tafel!'

'Deze malloot hoort toevallig bij mij en hij is nog niet zo goed in dat vuurgedoe,' zei Nathalie rustig.

'Hij heeft alle ballen door elkaar geschopt!'

Nathalie deed een stap naar voren. 'Als je hem er nu niet langs laat, zal ik jouw ballen eens door elkaar schoppen!'

Sieradenkraam schoot in de lach, wat hem een dodelijke blik van Plofkop opleverde.

'Vind je dat grappig?' riep hij zijn vriend kwaad toe.

'Ja-ha-ha! Heel grappig!' gierde die.

Scott maakte gebruik van de afleiding, liet zich snel op de grond zakken, raapte zijn jas en slaapzak op en sloop stilletjes naar de bar. Voordat Nathalie zich omdraaide, zag ze nog net hoe de dikke met zijn keu in de buik van zijn iele maatje prikte. De twee stonden nu met elkaar te bekvechten en waren hun spel helemaal vergeten. Grinnikend hees Nathalie zich naast Scott op een barkruk en bestelde een cassis.

'Nog iets te eten erbij?' vroeg de barjongen.

'Ehm… heb je een kaart?'

'Natuurlijk.' Hij reikte achter zich en gaf haar een menukaart aan.

'Bedankt.'

'Als je eruit bent, hoor ik het wel.'

'Zeker weten,' zei Nathalie met een knipoog naar de barjongen.

Hij reageerde met een flauw glimlachje en verdween naar de keuken. Misschien hield hij niet van meisjes die voor zichzelf op konden komen. Nou ja, ze zou dadelijk nog wel een poging wagen.

Hoofdschuddend keek ze toe hoe Scott licht bibberend van zijn cola nipte.

'Hoe kwam je daar nou eigenlijk terecht?' vroeg ze.

Scott zette zijn glas neer en wreef met zijn bierviltje de bar droog. 'Ik wist eigenlijk niet hoe een café eruitzag, dus het lukte niet,' fluisterde hij. 'En jij was al weg.'

'Hoe kun je nou niet weten hoe een café eruitziet?' riep Nathalie verbaasd uit.

'Ik ben nog nooit in een café geweest,' bekende Scott.

'Nog nooit?'

Scott schudde zijn hoofd.

'Maar op tv gaan mensen toch ook wel eens naar een café?'

'Dat weet ik niet, ik kijk nooit tv,' mompelde Scott.

'Wat? Hoezo niet?'

'Ik mag van mijn broers geen tv kijken.'

'Je mag van je broers... Hoezo? Ik snap het niet. Zijn jouw broers de baas dan?'

Scott klokte zijn glas cola in één keer leeg en zuchtte. 'Mijn ouders zeggen dat we het onderling maar moeten uitvechten. Mijn broers gaan allemaal naar de sportschool en...' Hij maakte zijn zin niet af, maar Nathalie wist precies wat hij bedoelde.

'Maar hoe ben je dan hier gekomen? Ik bedoel... hoe kwam je dan op die pooltafel?'

'Mijn broers gaan vaak in het café poolen, dus ik dacht: misschien staat hier ook wel een pooltafel.'

'En je wist wel hoe een pooltafel eruitzag?'

'We hebben er thuis een op zolder staan.'

Nathalie kon een grijns niet onderdrukken. 'Nou, dan zijn je broers toch nog ergens goed voor.' Ze gaf hem een vriendschappelijk klopje op zijn schouder en liet zich van haar kruk glijden. 'Kom, we gaan daar in de hoek zitten. Lekker rustig. Dan kunnen we nog eens nadenken over mijn zusje.'

⅋ 22 ⅋

Met bonkend hart sloop Audrey de trap af. Beneden stond de tv te blèren op een belachelijk volume. Toch moest ze oppassen dat ze niet te veel lawaai maakte. Haar vader was gespitst op elk geluidje. Daarom sloeg ze de derde tree van boven over: die kraakte. Beetje bij beetje duwde ze de klink van de keukendeur naar beneden en ze kromp ineen toen deze zacht piepte. Roerloos wachtte ze af, maar er gebeurde niets. Misschien was hij in slaap gevallen op de bank.

Op haar tenen liep ze naar het eerste keukenkastje en pakte er een glas uit. Uit de koelkast nam ze een pak melk en schonk snel het glas vol. Maar verder dan dat kwam ze niet. Ruw werd ze naar achteren getrokken. Ze voelde een dreun op haar hoofd en belandde schreeuwend op de grond. Met een klap sprong het glas uiteen op de keukenvloer. Het pak viel uit haar hand en de melk spatte alle kanten op. Nog voordat Audrey op kon krabbelen, werd ze in haar maag getrapt. Happend naar adem probeerde ze haar vader af te weren.

'Pap, alsjeblieft,' hijgde ze.

'Wat!' riep meneer Noort woedend. 'Durf jij je mond nog open te doen ook? Had ik jou iets gevraagd?'

Angstig hield Audrey haar mond dicht. Haar hoofd bonkte venijnig en ze moest haar best doen om niet te kokhalzen.

Meneer Noort gaf haar nog een flinke trap in haar zij. Toen pakte hij haar bij de haren en duwde haar gezicht in de melk.

'Jij ruimt die troep hier op en daarna wil ik je niet meer zien, begrepen?!' raasde hij.

Audrey kreeg bijna geen lucht meer. Haar gezicht zat onder de melk. De stukken glas prikten gemeen in haar wangen en voorhoofd. Ze verzette zich uit alle macht en zodra de druk op haar hoofd verminderde, krabbelde ze achteruit en veegde snel de natte troep uit haar gezicht. Verbaasd keek ze om zich heen. Naast haar klopte Frian zijn broek schoon. Hij keek haar bezorgd aan.

'Gaat het?'

Audrey knikte verdwaasd en haalde diep adem.

'Volgens mij droomde je,' merkte Frian op.

'Ja, ik had een nachtmerrie. Een nogal realistische nachtmerrie.' Ze wreef nog eens goed over haar natte gezicht. Het koude water van de plas waarin ze was beland, zorgde ervoor dat ze weer in de werkelijkheid kwam. 'Waar zijn we?' vroeg ze.

'Op aarde. Ik neem aan dat we hier voor jouw vader zijn. Herken je deze straat?'

Audrey bekeek haar omgeving nog eens goed. De natte, verlaten straat werd schaars verlicht door enkele lantaarns. Te zien aan de loodsen en saaie vierkante gebouwen, stonden ze op een bedrijventerrein.

Het was vast al laat, want in geen van de gebouwen brandde nog licht.

'Volgens mij is dit de Takkebijsters,' zei Audrey. 'Mijn oom werkte hier in de buurt. Ik ben wel eens met hem mee geweest. Waarom zijn we hier, denk je?'

Frian wreef over de stoppeltjes op zijn kin en tuurde in de verte. 'Tja, dat weet ik niet. Misschien moeten we op onderzoek uit?'

'Op blote voeten? Het vriest, man!' riep Audrey uit. 'En mijn haar is zeiknat.'

'Nou ja, je pyjama is in ieder geval nog droog.'

'Daar heb ik iets aan in de vrieskou,' mopperde Audrey.

'Ja, ik weet het. Ik vind het ook niet warm, maar we zijn hier om een oplossing voor jouw probleem te vinden. Dat wil je toch?' Zijn laatste woorden gingen half verloren in een hoestbui.

'Gaat het?' vroeg Audrey toen hij uitgehoest was.

Frian knikte voorzichtig. 'Ja, maar laten we ons haasten.'

'Ik had toch liever een dikke winterjas gehad, maar goed. En we hebben de rugzakken ook niet bij ons.'

'Ik de mijne wel,' zei Frian. Hij bukte en hield zijn rugzak triomfantelijk omhoog.

'Hoe heb je die zo snel meegepakt? Was je al wakker?' vroeg Audrey.

'Nee, ik had hem aan mijn enkel vastgebonden,' antwoordde hij, terwijl hij een touwtje voor haar neus liet bungelen. 'Wij zijn niet de eersten die slapend naar de aarde flitsen.'

Audrey klopte hem op zijn schouder. 'Heel slim,' zei ze. 'Maar wat nou als we niet wakker waren geworden?'

'Je wordt vanzelf wakker als je op aarde landt. Je komt alleen niet altijd even prettig neer.'

'Nou,' mopperde Audrey. 'Dat heb ik gemerkt. Oké, laten we dan nu maar snel op onderzoek uitgaan voordat we bevriezen. En voordat jij weer tegen de vlakte gaat.'

'Goed plan.'

Audrey zette een paar stappen naar de straat, maar Frian pakte haar bij haar arm en trok haar ruw achter een lage struik. Hij duwde haar naar beneden en liet zich haastig naast haar vallen.

'Wat doe je nou? We gingen toch op onderzoek...' Ze hield snel haar mond toen ze twee koplampen de bocht om zag draaien. Een zwart busje reed de straat in. Heel even viel het licht op de struik en ze doken snel omlaag. Audrey voelde de nattigheid en kou nog verder in haar pyjama trekken en hoopte maar dat ze snel terug konden naar Nergens. De lichtbundel verdween en voorzichtig staken ze hun hoofd boven de struik uit. Het busje stond voor een loods aan de overkant van de straat en doofde zijn lichten.

Frian haalde het fototoestel uit zijn rugzak en zoomde in op het busje. Hij vloekte zachtjes. 'We zitten te ver weg. En die bomen staan ervoor. Ik kan het nummerbord niet lezen.'

'Denk je dat die bus iets met mijn vader te maken heeft?'

'Zeker weten, anders waren we hier nu niet.'

Audrey keek nog eens om zich heen. 'Ik sluip naar die fietsenstalling daar aan de overkant. Als de kust veilig is, kun jij ook komen.'

Frian knikte.

Voorzichtig kwam ze overeind en schuifelde achter de struik vandaan. Een paar koplampen draaiden haar kant op en ze dook snel terug omlaag. Met een snel kloppend hart keek ze toe hoe de chauffeur van een tweede bus – dit keer een witte – de straat verkende en langzaam richting het andere busje reed. Het witte busje parkeerde achter het zwarte en er stapte een man uit. Hij liep naar de loods, schoof de deur omhoog en de busjes reden achter elkaar aan naar binnen.

Audrey greep haar kans en rende naar de fietsenstalling. De man kwam naar buiten om de deuren dicht te doen en Audrey bad in stilte dat hij haar in het donker niet kon zien. Ze keek achterom naar Frian, die vanachter de struik gebaarde dat ze verder kon. Ze trok een sprintje en stond een paar seconden later voor de loods. Frian voegde zich hijgend bij haar.

'Wat nu?' fluisterde Audrey gespannen. 'Zo kunnen we niets zien.'

Frian sloop naar de zijkant van de loods en Audrey volgde hem tot ze aan de achterkant een raam vonden. Het zat alleen net te hoog. Na wat speurwerk vonden ze twee keien, die ze naast elkaar onder het raam legden. Audrey ging erop staan – het was wat wiebelig, maar precies hoog genoeg – en gluurde naar binnen. De twee busjes stonden naast elkaar. De chauffeurs waren uitgestapt en stonden met elkaar te praten. Met een schok herkende Audrey haar vader. Frian gaf haar het fototoestel en ze zette het snel aan. Ze was nu in ieder geval dichtbij genoeg om scherpe foto's te maken. Ze kon alleen vanuit deze positie de nummerborden niet zien. Nou ja, haar vader, de andere man en de twee busjes stonden erop. En nu was het afwachten. De mannen leken in een verhitte discussie gewikkeld te zijn. Meneer Noort gebaarde wild naar de zwarte bus en de andere man schudde heftig van nee. Jammer dat ze niet kon verstaan wat er gezegd werd.

Frian porde ongeduldig in haar zij. 'Wat gebeurt er?' fluisterde hij.

'Ik weet het niet. Ze staan te praten. O, wacht...' Ze hield de camera weer omhoog, zodat ze alles kon vastleggen wat er gebeurde.

De vreemde man pakte een envelop uit zijn zak en gaf hem aan meneer Noort. Hij opende de envelop en haalde er een pak geld uit. Audrey nam snel een foto. Meneer Noort telde het geld, knikte en liep naar de achterkant van de zwarte bus. Voordat hij het portier opende, haalde hij een pistool onder zijn jas vandaan. Audrey viel bijna achterover van schrik. Frian kon haar nog net opvangen.

'Wat gebeurt er?' vroeg hij opnieuw.

Audrey zette haar voeten weer stevig op de stenen. Ze voelde een straaltje zweet langs haar rug lopen. 'Ze hebben wapens!' siste ze, terwijl ze met bevende handen de ene na de andere foto nam.

'Zal ik de politie bellen?' vroeg Frian.

'Nee, dan wordt hij alleen opgepakt voor wapenbezit. We moeten zorgen dat we meer bewijs hebben. We hebben er niks aan als hij na twee maanden weer vrijkomt.' Ze keek toe hoe haar vader zijn hoofd een paar seconden in het busje stak. Plotseling verscheen er een schoen, toen een been en toen sprong er een klein meisje met paardenstaartjes uit de bus. Veel ouder dan zeven kon ze niet zijn. Met grote, betraande angstogen keek ze naar de twee mannen. Meneer Noort wees met zijn pistool naar de andere bus en het meisje liep er braaf naartoe. Het achterportier werd opengegooid en na een kort bevel klom het meisje achterin. Meneer Noort bleef bij de witte bus staan en gebaarde naar de andere man. Er verscheen weer een schoen, een iets grotere dit keer, en een meisje van een jaar of twaalf sprong uit de bus. Ook zij verdween in het witte busje.

Audrey keek met stijgende verbazing en afschuw toe en nam foto na foto. Ze vroeg zich af wie die meisjes waren en wat er met hen ging gebeuren, maar ze kreeg geen kans om er verder over na te denken, want een derde meisje sprong op de grond en liep met gebogen hoofd naar meneer Noort. Ze bleef even staan en leek iets aan hem te vragen. Meneer Noort schudde woest zijn hoofd en duwde haar het busje in.

Een vierde meisje van een jaar of tien sprong uit de zwarte bus en viel langs op de grond. De man porde met het pistool in haar rug en trok aan haar arm. Het meisje keek hem kwaad aan, krabbelde overeind... en toen gebeurde het. Audrey had geen kans om er foto's van te maken, zo snel ging het. Het meisje rukte zich los, schopte de man in zijn kruis en sprintte naar de dichte deur. Meneer Noort gooide het portier van de witte bus dicht en rende achter haar aan. Het meisje had ondertussen de deur bereikt en rukte hem open. Ze schoot de straat op, met meneer Noort in haar kielzog. Audrey hoorde haar roepen. Ze sprong van de stenen af en wilde om de loods heen rennen. Maar Frian hield haar tegen. 'Niet doen,' zei hij zacht maar dringend.

'We kunnen die meisjes toch niet aan hun lot overlaten?' fluisterde Audrey dringend.

'Ze zijn gewapend. Wat kunnen we daartegen beginnen?'

Daar had ze geen antwoord op. Met een zucht klom ze terug op de stenen en hield de camera in de aanslag.

Frian wreef zachtjes over haar rug.

'We maken zo veel mogelijk foto's en die brengen we naar de politie. Meer kunnen we niet doen.'

Audrey knikte zwijgend. Een warme traan rolde over haar wang, terwijl ze luisterde naar de kreten die over straat galmden. Ze richtte haar fototoestel op de open deur en wachtte. Ze slikte moeizaam toen een hoge kreet abrupt werd afgekapt.

Meneer Noort stapte naar binnen, met het bewusteloze meisje in zijn armen. De andere man hield het portier voor hem open en meneer Noort legde het meisje achter in de witte bus. Ze begonnen opnieuw naar elkaar te schreeuwen en te gebaren.

Audrey besloot dat ze genoeg had gezien en stapte bij het raam vandaan. Ze hoorde portieren dichtslaan en er begon een motor te ronken.

Frian moest weer hoesten. Gelukkig werd het geluid overstemd door het motorgeronk. Audrey keek hem ongerust aan, maar hij knikte geruststellend. Hij pakte haar hand en samen slopen ze terug naar de voorkant. Het geronk kwam dichterbij en de witte bus reed naar buiten. In een rustig tempo verliet hij de straat. Audrey nam gauw een foto van het nummerbord en dook weg. De tweede bus volgde al snel en ze kon nog net een laatste foto maken voordat hij om de bocht verdween.

Het duurde een hele tijd voor Audrey weer adem durfde te halen. Toen verborg ze haar gezicht in Frians pyjama en terwijl ze terugflitsten naar Nergens, liet ze haar tranen de vrije loop.

꧁ 23 ꧂

'Zo, en nu eerst iets lekkers bestellen,' zei Nathalie, terwijl ze zich in de hoek van café De Ontmoeting installeerden. 'Wat zal ik eens nemen?' Ze bladerde door het menu, dat zeker twintig pagina's dik was. 'Ze hebben hier wel veel! Oh, bitterballen! Daar heb ik zin in!'

'Ik ook wel,' knikte Scott.

'Oké, dan ga ik ze even bestellen. Ik ben zo terug.' Ze liep naar de bar, waar de barjongen glazen schoon stond te spoelen. Net toen Nathalie hem wilde roepen, verscheen er naast haar een vuurbol, waarin een aantrekkelijke jongen verscheen. Ze glimlachte naar hem en kreeg een knipoog terug.

'Hè hè, nu eerst een lekker biertje,' zei de jongen tegen niemand in het bijzonder. En tegen de barjongen: 'En doe er maar twee tosti's bij.'

De barjongen knikte en verdween naar de keuken. De jongen wendde zich weer tot Nathalie.

'Hallo, ik ben Déon.'

'Nathalie.'

'Wil je ook iets drinken? Een lekker... hé, waar is mijn bier?'

Ze keken naar de bar, die op een paar bierviltjes na leeg was.

'Misschien zei ik het niet goed. Eén glas bier, alsjeblieft,' probeerde Déon nog eens. Er gebeurde niets. Déon wierp een vragende blik op Nathalie, die haar schouders ophaalde.

'Probeer jij het eens,' zei hij.

'Eén bier graag,' zei Nathalie.

De bar bleef leeg.

De keukendeur vloog open en de barjongen zette een bord met twee tosti's voor Déon neer. 'Anders nog iets?'

'Nou,' zei Déon, 'ik wil een biertje, maar ik krijg niks.'

De barjongen keek hem verveeld aan. 'Hoe oud ben je?' vroeg hij.

'Vijftien.'

'Dan ben je te jong.'

Déons kaken verstrakten. 'Te jong? Dat maak ik zelf wel uit!'

De barjongen maakte een hulpeloos gebaar. 'Sorry, ik maak de regels niet.'

'Het ziet ernaar uit dat je aan de cola moet,' zei Nathalie voorzichtig.

Déon wierp haar een dodelijke blik toe en richtte zich weer tot de barjongen. 'En als jij nu eens een biertje voor me bestelt?' vroeg hij.

'Prima,' zei de barjongen. 'Eén bier graag.'

Er verscheen een glas voor zijn neus en Déon grijnsde breed. 'Bedankt.' Hij stak zijn hand uit om het te pakken maar het glas verdween! Op slag verdween ook de grijns van zijn gezicht. 'Waarom is dit? Ik wil gewoon een biertje!'

De barjongen zuchtte. 'Zoals ik al zei: je bent te jong om te drinken.'

Scott was naast Déon komen staan en legde een hand op zijn arm. 'Hij heeft gelijk. Bestel gewoon iets anders, joh.'

De barjongen knikte instemmend.

Kwaad schudde Déon Scotts hand van zich af en porde met een vinger in zijn borst. 'Waar bemoeien jullie je mee? Ik weet zelf wel wat goed voor me is.'

Nathalie ging snel tussen hen in staan. 'Ho ho, rustig aan. Er zijn genoeg lekkere dingen om te drinken zonder alcohol erin. Zo erg is dat toch niet?'

'Thuis kan ik ook drinken wat ik wil en jij gaat me niet vertellen wat ik wel en niet mag!' brieste Déon.

Nathalie duwde hem zachtjes op een barkruk en boog zich naar hem toe. 'Ik ga je niet vertellen wat je wel en niet mag, maar ik wil je wel iets anders vertellen.' Ze haalde diep adem voor ze verderging.

'Mijn ouders gingen een avondje weg en ik moest op Eefje passen, mijn zusje van acht. Ik had mijn vriend Mike uitgenodigd en nog een stel anderen. Ze hadden allemaal drank meegenomen en daagden me uit. Ik wilde erbij horen en ik wilde dat Mike trots op me was. Al snel was de helft van de drank op. We hadden het heel gezellig. Eefje was allang naar bed, dus van haar zouden we geen last hebben. Maar ze werd wakker en wilde meedoen.'

Ze zweeg en slikte de tranen weg die opkwamen. Scott pakte haar hand en kneep er zachtjes in. Déon zat stilletjes te luisteren.

'Ze wilde niet teruggaan naar bed en ik werd boos. Ik heb tegen haar geschreeuwd. Waarom ze mijn feest moest bederven, waarom ze altijd zo veel aandacht wilde, waarom ze was geboren...'

De tranen liepen nu over haar wangen. Ze kon ze niet meer tegenhouden.

'Ik was dronken, ik meende er niets van. Ik... mijn zusje is ontzettend lief, ik zou haar nooit willen missen. Maar Eefje dacht dat ik het meende. Ze is huilend weggerend.'

'En nooit meer teruggekomen,' vulde Scott zachtjes aan.

Nathalie knikte. 'Dat is wat drank met je doet.' Ze draaide zich abrupt om en liep met grote passen terug naar hun tafel in de hoek. Driftig veegde ze haar wangen droog. Scott kwam naast haar zitten en keek haar van opzij aan. Hij zou haar nu wel haten. En dan zou hij nog gelijk hebben ook. Door haar oerstomme actie was haar kleine zusje nu in gevaar.

'Dus nu weet je het,' zei ze. 'Nu kun je me in de steek laten, net zoals mijn ouders hebben gedaan.'

Maar Scott schudde heftig zijn hoofd. 'Ik laat je niet in de steek. We zijn toch een team?'

Nathalie keek hem ongelovig aan. Meende hij dat nou? Was hij dan niet kwaad? Blijkbaar niet, want hij glimlachte naar haar alsof er niets aan de hand was. Een gevoel van schaamte schoot razendsnel vanuit haar tenen omhoog. Ze ademde diep in en gooide het hoge woord eruit voordat ze zich bedacht: 'Sorry.'

Scotts glimlach werd twee keer zo breed.

'Ik had niet zo rot tegen je moeten doen,' ging Nathalie snel verder. 'Het is alleen even... wennen.'

Scott bleef haar stralend aankijken.

Nathalie kuchte ongemakkelijk. 'Ga je me echt helpen?'

'Natuurlijk.'

'Maar wie wil er nou samenwerken met zo'n stommeling. Met zo'n harteloze... trut.'

'Je bent geen harteloze trut. Anders zat je hier niet te huilen om je zusje. Je hebt gewoon een fout gemaakt.'

'Noem dat maar gewoon een fout.'

'Nou ja, een grote fout dan. Maar je hebt er toch van geleerd? En je wilt er toch iets aan doen? Dan ben je dus zo slecht nog niet.'

'Pfff, je klinkt net als mijn leraar geschiedenis.'

'Maar het is wel zo, toch?'

'Hmmm,' zei Nathalie.

'En je hebt die jongen geholpen. Kom op, niet meer huilen. Laten we iets nuttigs gaan doen.'

Door haar tranen heen glimlachte ze dankbaar naar hem. Ze keek even om naar de bar. Déon zat naar haar te kijken en knikte haar toe toen hun blikken elkaar ontmoetten. Hij hief zijn glas – cassis zo te zien – en glimlachte. Met een gevoel van trots draaide Nathalie zich weer om. Had ze toch nog iets goeds gedaan.

'Zeg maar wat ik moet doen dan,' zei ze tegen Scott.

'Misschien kun je je eigen spullen even vasthouden?' Hij pakte haar spullen van de grond en gaf ze aan.

Nathalie voelde haar wangen branden. Zij had zo rot tegen hem gedaan en nu deed hij zo lief. Hij nam het haar niet kwalijk dat ze niet goed op haar zusje had gelet. Hij had haar meteen vergeven dat ze zo stom tegen hem had gedaan. En hij wilde haar helpen. Vanaf nu zou ze hem beter behandelen.

'Bedankt,' mompelde ze zacht. Waarop Scott weer breed begon te grijnzen.

'En nu?' vroeg ze.

'Waar blijven die bitterballen eigenlijk?'

'O, die heb ik vergeten te bestellen.'

'Nou ja, dat komt nog wel dan. Laten we nog eens teruggaan naar de avond van Eefjes verdwijning. Heb je iets verdachts gezien?'

'Zoals?'

'Iemand die een tijdje stilstond op dezelfde plek.'

Nathalie schudde haar hoofd.

'Een busje dat langzaam voorbijreed.'

'Nee.'

'Ehm... een vreemde figuur achter een struik?'

'Ha ha. Nee, ook niet. Ik heb alleen zo'n bestelwagentje van Spare Rib Express langs zien rijden, maar dat...'

Ze kon haar zin niet afmaken, want opeens verdwenen de stoelen onder hen en vielen ze achterover het luchtledige in.

'Verdorie! Kunnen ze niet even waarschuwen voordat ze de grond onder je voeten vandaan halen?' riep Nathalie uit, terwijl ze haar kleren fatsoeneerde.

'Jij hebt anders niets te klagen,' gromde Scott naast haar. Hij stond op en toonde haar zijn shirt: de modder droop ervanaf. Zijn slaapzak was ook drijfnat.

Nathalie onderdrukte een lachbui. 'Hoe kom jij nou weer zo nat?'

'Er reed een auto langs, door die plas daar, net toen ik hier landde,' zei Scott, terwijl hij schaapachtig naar haar grijnsde. 'Misschien is het handig als we voortaan schone kleren in de rugzak doen.'

Nathalie deed haar mond open om antwoord te geven, maar in plaats van woorden kwam er een hoop gegiechel uit. Ze sloeg haar hand voor haar mond, maar Scott keek haar zo onnozel aan, dat ze nog harder moest lachen. Even later hingen ze hikkend tegen elkaar aan. Twee dames met lange rokken en opgestoken, grijs haar keken hen van onder een enorme paraplu geïrriteerd aan, terwijl ze arm in arm voorbijschuifelden.

'Waar zijn we eigenlijk?' hikte Scott toen de dames gepasseerd waren.

Nathalie keek om zich heen. Ze stonden op de hoek van een brede straat. Aan de overkant zaten groepjes mensen met elkaar te kletsen in een grijs pand met enorme ramen, waar met grote letters *Best wok in town* boven stond. Daarnaast was een vrouw haar *Hair and Beauty Shop* aan het afsluiten. Nathalie draaide zich om en herkende de tapijtwinkel schuin achter haar. Ze was hier al vaak geweest. Vier straten verderop stond haar eigen huis. Ze kon er zo naartoe lopen en in haar eigen bed gaan slapen. Maar ze wilde niet zonder Eefje thuiskomen.

'We zijn in Den Haag,' zei ze. 'Voor de deur van Spare Rib Express.' Ze gebaarde naar de manshoge ruiten achter hen, met daarop het groene logo met de telefoon.

'Hier kom jij vandaan?' gokte Scott.

Nathalie knikte. 'De bestelwagen die ik die avond heb gezien, zal wel bij dit filiaal horen.'

'We moeten eigenlijk weten welke auto het is geweest en wie erin reed. Maar ja, hoe komen we daarachter?' vroeg Scott zich hardop af.

Nathalie zwierde haar lange haar naar achteren, rechtte haar schouders en knipoogde naar hem. 'We vragen het gewoon.'

24

'Hoe lang ben je hier eigenlijk al?' vroeg Audrey, terwijl ze hand in hand door het bos liepen.

'Morgen vijf jaar,' antwoordde Frian onmiddellijk.

'Weet je dat zo precies?'

'Twee maanden voor mijn twaalfde verjaardag ben ik hier gekomen.'

'Ben je lang ziek geweest?'

Frian knikte. 'Ik kreeg voor het eerst ademhalingsproblemen op mijn derde. Mijn ouders reisden het hele land door, van dokter naar dokter, maar niemand kon ons helpen. Ik kreeg medicijnen waar ik alleen maar zieker van werd. Ik zat hele dagen thuis, want ik was te ziek om naar school te gaan.'

'Dus je hebt jaren school gemist. Hoe oud was je toen je voor het eerst naar school ging?'

'Ik ben nooit naar school geweest. Toen ik vijf was, konden mijn ouders er niet meer tegen. Ik eiste te veel aandacht op en dat vonden ze niet eerlijk tegenover mijn broers en zus. Dus brachten ze me naar een soort verzorgingshuis voor kinderen. Daar kregen we les op de zaal.'

'Jeetje. En hoeveel broers en zussen heb je?'

'Drie oudere broers en één zusje.'

'Heb je ze nog wel eens gezien?'

'Alleen mijn oudste broer Jornit is me een keer op komen zoeken, toen ik acht was. Het was heel ver rijden. Mijn ouders woonden in Kasterlee en ik in Groningen.'

'Waar ligt dat, Kasterlee?'

'Vlak bij Antwerpen.'

'O, dat is wel een eind rijden, ja. Maar dan konden ze toch gewoon meegaan als je ouders op bezoek kwamen?'

'Mijn ouders kwamen nooit op bezoek.'

'Ging je dan in het weekend naar huis?'

Frian bleef abrupt staan en keek haar aan. 'Ik heb mijn ouders nooit meer gezien.'

Audrey legde haar hand op zijn arm. Ze moest een paar keer slikken voordat ze iets kon zeggen.

'Wat erg voor je,' zei ze uiteindelijk.

Frian kneep in haar hand en glimlachte. 'Ik kan er niet verdrietig om worden. Ik ben wel heel lang kwaad geweest, maar dat heeft ook geen zin. Alleen komen soms de frustraties uit die tijd even boven.'

'Ja, dat snap ik.' Audrey keek de andere kant op en veegde onopvallend een ontsnapte traan weg. Ze was ook zo'n sentimentele sukkel.

'Ik vind het alleen jammer dat Jornit nooit meer langs is geweest. Met hem kon ik het goed vinden,' ging Frian verder. 'Hé, je bent toch niet aan het huilen?'

O jee, hij had het toch gemerkt. Audrey liep verder en Frian sloeg een arm om haar schouders.

'Daar moet je niet om huilen,' zei hij.

'Ik kan me gewoon niet voorstellen dat je een vijfjarig kind in de steek laat omdat hij ziek is.'

'Ze dachten dat ik me aanstelde, zodat ik niet naar school hoefde. De dokters konden ons niet vertellen wat ik mankeerde.'

'En hoe ging het toen verder?'

'In het verzorgingshuis werd ik uitgebreider onderzocht en toen bleek dat ik inderdaad ziek was. Maar nog steeds wist niemand wat ik precies had. Volgens mij is er ook geen naam voor. Elk jaar ging het slechter en twee maanden voor mijn twaalfde verjaardag zei de dokter dat mijn longen op waren. Ik zou nooit twaalf worden.'

'Dus kwam je hier.'

'Precies.'

'En als je nu teruggaat naar de aarde word je weer heel ziek en ga je dood?'

'Op aarde heb ik nog ongeveer twee maanden te leven, maar ik weet niet hoe lang ik nog overeind kan blijven.'

'Heb je dan geen medicijnen die helpen tegen de benauwdheid?'

'Nee, we hebben van alles geprobeerd, medicijnen tegen astma, ademhalingsoefeningen, noem het maar op, maar niets helpt.'

'Wat doe je dan als je geen lucht krijgt?'

'Gaan liggen en wachten tot het overgaat.'

'Jeetje, dat klinkt akelig.'

Ze kwamen op een open plek en Frian ging op het gras zitten.

'Dat is het ook,' zei hij, terwijl Audrey zich naast hem op de grond liet zakken.

'Maar waarom zou je dan terug willen?' vroeg Audrey zich hardop af.

Frian grijnsde van oor tot oor. 'Omdat ik mijn vriendinnetje wil blijven zien.'

Audreys maag draaide zich om. 'Heb je een vriendin?' Ze hoorde zelf hoe teleurgesteld ze klonk.

'Jazeker, een hele lieve, mooie vriendin.'

'O.' Audrey schoof een stukje bij hem vandaan. Als hij een vriendin had, hoefde hij van haar niets meer te verwachten.

'Ze heeft prachtig, golvend bruin haar en donkere ogen waar je in verdrinkt,' grijnsde Frian. Hij pakte haar handen en trok haar dichterbij. 'Of wil je soms mijn vriendin niet zijn?'

Audrey glimlachte voorzichtig. Ze voelde haar wangen gloeien; ze was vast zo rood als een tomaat. Wat was ze toch een sufferd. Hij bedoelde haar! Ze leunde tegen Frian aan en legde haar hoofd tegen zijn schouder. 'Jawel,' fluisterde ze.

Frian kuste haar haren. 'Gelukkig,' fluisterde hij terug.

Ze bleven een tijdje tegen elkaar aan zitten zonder iets te zeggen en Audrey sloot haar ogen. Nu kon ze even rustig nadenken over wat er allemaal was gebeurd en hoe het nu verder moest. Ze liep alle mogelijkheden nog een keer na in haar hoofd, maar kwam telkens maar tot één conclusie. Ze hees zichzelf overeind en keek Frian aan. 'Ik denk dat we naar de politie moeten gaan.'

'Maar je zei zelf dat dat geen zin had. Dat je vader al eens is vrijgesproken. En als dit de oplossing was, zouden we al op weg zijn naar de aarde.'

Audrey staarde naar de grond. 'Je hebt gelijk, maar we moeten het proberen. We kunnen die meisjes toch niet aan hun lot overlaten?'

Frian schoof wat dichter naar haar toe. 'Zeker niet, maar ik denk... Au!'

'Wat is er? Wat heb je?'

'Er prikt iets in mijn been.'

Ze schoven een stukje opzij en bekeken het geplette groen.

'Wat is dat voor een plant?' vroeg Audrey. 'Zoiets heb ik nog nooit gezien.' Ze bukte zich en bekeek de plant van dichtbij.

'Kijk,' wees ze. 'Er zitten allemaal hele kleine stekeltjes aan. Om het bloemetje heen.'

'Ja, dat heb ik gemerkt.'

Audrey reageerde niet. Langzaam vormde zich een idee in haar hoofd. 'Weet je nog dat we het met Vadim hadden over planten kruisen?'

'Ja, natuurlijk. Dat was het idee dat ons terug in Nergens bracht. Ik denk dat Vadim druk aan het experimenteren is.'

'Maar misschien kan hij de oplossing wel helemaal niet op aarde vinden.'

'Hoe bedoel je?'

'Wat nou als Vadim een uitgestorven plant nodig heeft om te kruisen?'

Er verschenen denkrimpels in Frians voorhoofd. 'Dat is een goed idee,' begon hij. En vervolgens: 'O jee, voel jij dat ook?'

Audrey knikte, pakte snel zijn hand vast en zette zich schrap.

Ze tolden en tolden en landden uiteindelijk met een gesmoorde kreet in een hoop sneeuw. Frian krabbelde snel overeind en trok Audrey omhoog. Ze klopten de sneeuw van elkaars kleren en keken om zich heen.

Ze stonden in een donker steegje. De deur voor hen werd schaars verlicht door een kleine lantaarn. Tussen de hopen sneeuw konden ze twee vuilcontainers onderscheiden.

'Rusland?' gokte Audrey.

'Ik denk het. We zullen Vadim moeten vertellen over ons idee.'

‘Oké, maar waar is hij? Ik heb weinig zin om in deze kou te gaan zoeken.’

‘Vadim kan niet ver zijn, lijkt me. Waarom komen we anders hier terecht?’

Op dat moment vloog de deur open. Een forse man werd hardhandig naar buiten gewerkt. Audrey en Frian stapten snel opzij en de man belandde languit met zijn neus in de sneeuw. De deur viel met een klap dicht.

De man tilde moeizaam zijn hoofd op en keek hen glazig aan. Hij brabbelde iets onverstaanbaars, draaide zich op zijn zij en sloot zijn ogen.

Audrey fronste haar wenkbrauwen en gebaarde naar de snurkende man. ‘Ik geloof dat we hem gevonden hebben.’

ꕥ 25 ꕥ

Het was druk bij Spare Rib Express. Er stond een rij mensen voor de balie en de meeste tafeltjes waren bezet.

'Laten we iets bestellen en wachten tot het wat rustiger is,' fluisterde Nathalie in Scotts oor. 'We moeten die jongen achter de balie alleen hebben.'

'Hoezo?'

'Dat is Tom, ik ken hem van school. Hij loopt al sinds het begin van het schooljaar achter me aan. Volgens mij durft hij niks tegen me te zeggen.'

'Ja, en?'

'Daar kunnen we mooi gebruik van maken.'

'Hoe dan?'

'Ik gooi gewoon mijn charmes in de strijd.'

Scott keek haar sceptisch aan. 'En jij denkt dat hij dan alles voor je doet?'

Nathalie knipoogde naar hem. 'Wacht maar af.'

Scott haalde zijn schouders op.

Ze sloten achteraan in de rij aan en wachtten ongeduldig tot ze aan de beurt waren. Nathalie bestelde twee porties spareribs en twee cola en zwaaide liefjes naar Tom, die een andere klant stond te helpen.

Ze vonden een lege tafel in een hoekje en Scott verdween naar het toilet.

'Wat duurt dat lang, zeg! Kunnen ze niet een beetje opschieten met die spareribs?' zei Nathalie toen Scott terugkwam.

'Nou ja, we moeten toch wachten tot de meeste mensen weg zijn,' zei Scott.

'Dat kan wel zijn, maar ik heb honger.'

Scott haalde zijn schouders op.

'Hou daar nou eens mee op,' viel Nathalie tegen hem uit.

'Waarmee?' vroeg Scott verbaasd.

'Met dat schouderophalen. Ik word er niet goed van. Het lijkt wel alsof niets jou interesseert.'

'Dat is niet zo. Ik weet gewoon niets te zeggen en dan doe ik dat automatisch.'

'Dan wordt het tijd dat je dat afleert.'

'Ik zal m'n best doen.'

'En je moet je vaker wassen, je haar knippen en deodorant opdoen.'

'O.' Scott staarde beteuterd naar een vlek op de tafel.

Nathalie kreeg medelijden met hem en legde haar hand op zijn schouder. 'Sorry dat ik zo bot doe, maar je wilde toch hulp?'

Scott knikte en schudde meteen daarna zijn hoofd. 'Laat maar, het wordt toch nooit wat.'

'Als je zo denkt niet nee. Maar geloof me, als je een leuk kapsel hebt en je ruikt lekker, dan vallen de meisjes bij bosjes voor je.'

Scott glimlachte voorzichtig. Nog altijd goedgelovig. 'Denk je?'

'Tuurlijk!'

De bestelling werd gebracht en ze aten in stilte. De zaak liep langzaam leeg en uiteindelijk waren Nathalie en Scott de enige klanten die er nog zaten.

'Nou, dan zullen we eens gaan informeren,' zei Nathalie, terwijl ze de rode saus van haar mond veegde. Ze stond op, maar draaide zich meteen weer om en dook weg achter Scott.

'Wat is er?' vroeg Scott.

'Mike staat voor het raam. Als hij me ziet, kom ik nooit meer van hem af,' siste Nathalie.

Scott grinnikte. 'Mike? Je vriendje, bedoel je? Toch niet die stoere bink met die afgezakte broek en die peuk in z'n bek?'

Nathalie wierp hem een woedende blik toe. 'Die bedoel ik, ja.'

'Leuk vriendje.'

'Weet je,' siste Nathalie hem toe. 'Toen ik zei dat je meer van je af moest bijten, bedoelde ik niet dat je mensen moest beledigen.'

'Nou sorry, maar ik snap niet wat je met zo'n gozer moet. Kijk nou, hij staat gewoon met een ander te flirten.'

Nathalie gluurde langs Scott heen naar buiten. Mike stond te praten met een iel blond meisje en ze hadden de grootste lol. Het stomme wicht zwiepte haar haren naar achteren en giechelde, waarop Mike voorover boog en 'per ongeluk' haar arm aanraakte. Wat een eikel! Ze zou hem eens laten weten hoe ze over hem dacht. Ze sprong op en liep met grote passen naar de deur. Scott kwam achter haar aan en pakte haar arm vast.

'Doe nou niet. We hebben hier geen tijd voor. En trouwens, was hij niet degene die jou overhaalde om zo veel te drinken? We zoeken eerst Eefje en daarna kun je met hem afrekenen. Laat die gast nou maar.'

Hij had natuurlijk gelijk. Ze moesten Eefje vinden voordat het misschien te laat was. En die eikel was het niet waard. Ze haalde diep adem en liep met gebalde vuisten terug naar de tafel.

'Goed gedaan,' zei Scott. 'Nu wachten we tot hij weggaat en dan kunnen we naar de bestelwagens vragen.'

'Oké dan,' zuchtte Nathalie.

'Shit,' zei Scott opeens. 'Hij komt naar binnen.'

Nathalie dook onder de tafel.

'Dat valt een beetje op, Nathalie,' siste Scott. 'Kom overeind. Ik weet iets beters.'

Nathalie stak met tegenzin haar hoofd boven tafel en ging weer zitten. Mike stond aan de balie met het blonde wicht naast hem. Ze hing giechelend tegen hem aan en beweerde dat ze aan een cola light genoeg had. Mike vroeg of ze binnen wilde zitten en keek om. Op dat moment werd Nathalie opeens half achterover geduwd en drukte Scott zijn bovenlijf tegen haar aan. Als hij een millimeter dichterbij kwam, zouden zijn lippen de hare raken. Zijn vieze adem drong haar neus binnen. Ze wilde protesteren, maar Scott keek haar doordringend aan. Ze begreep wat hij wilde zeggen: voor Mike leken ze nu een stelletje dat aan het kussen was. Hij zou haar zo niet herkennen. Gelukkig was Scott een stuk fatsoenlijker dan de andere jongens die ze kende. Die zouden zonder aarzelen hun tong naar binnen duwen.

Ze hoorde het meisje giechelen dat ze liever een stukje ging wandelen. De deurbel tingelde en Scott liet haar los. Nathalie streek haar kleren glad en dronk haar glas in één teug leeg om rustig te worden.

'Als je dat nog eens waagt...' hijgde ze uiteindelijk.

‘Het is toch gelukt?’ zei Scott verontwaardigd. ‘Hij is weg en hij heeft je niet gezien.’

Nathalie stond op.

‘Ik ga mezelf even fatsoeneren. Ik hoop voor je dat Tom dit vanachter de balie niet gezien heeft, want anders valt mijn plan in duigen.’

‘Welnee. We zitten net buiten zijn gezichtsveld.’

‘Mooi. Ik ben zo terug.’

ꕥ 26 ꕥ

Het duurde een eeuwigheid voor ze eindelijk Vadims huis bereikten. Ze stopten telkens om sneeuw in Vadims gezicht te wrijven, zodat hij weer wakker werd en ze hem de weg konden vragen. Frian moest steeds vaker rusten en de laatste meters naar de voordeur leken wel kilometers. Eindelijk stonden ze voor de deur, verkleumd en moe. Frian viste met stijve vingers de sleutels uit Vadims broekzak, terwijl Audrey de Rus ondersteunde.

Ze lieten hem op de bank vallen en Frian ging er hijgend naast liggen. Hij was spierwit. Audrey hoopte dat hij niet opnieuw bewusteloos zou raken. Ze moesten zo snel mogelijk terug naar Nergens. Als ze Vadim vertelden over hun idee, kon hij daarmee aan de slag en zouden Frian en zij waarschijnlijk terug naar Nergens flitsen. Maar Vadim was op dit moment niet echt aanspreekbaar.

Moesten ze wachten tot de ochtend, zodat hij zijn roes kon uitslapen? Ze wierp een blik op Frian, die met een bleek gezicht en gesloten ogen over de bankleuning hing. Nee, ze konden hier niet te lang blijven. Stel je voor dat die dokter in Groningen het mis had. Dat Frian niet twee maanden, maar slechts een week te leven had. Dan kon het elk moment over zijn. Ze slikte haar tranen weg. Nu stond ze weer bijna te huilen.

Ze liet haar blik door de kamer dwalen en dacht na. Een kop koffie, daar werd je wakker van. In de keuken zocht ze de spullen bij elkaar en even later vulde de geur van verse koffie het huis. Nu moest ze Vadim wakker schudden en hem een mok in zijn handen drukken. Dat viel nog niet mee. Ze sjorde, porde en trok, maar de Rus snurkte gewoon verder. Frian leek ondertussen nog amper adem te halen. De misselijkheid kroop vanuit haar buik omhoog bij de gedachte hem te verliezen en opeens wist ze wat haar te doen stond. Ze rukte een aantal deuren in het huis open tot ze de slaapkamer vond en trok de deken van het bed. Uit de kledingkast haalde ze een dik vest, dat ze aantrok. Ze haastte zich terug naar Frian en legde de deken over hem heen. Daarna pakte ze de Rus onder zijn oksels en trok uit alle macht. Ze moest haar hele gewicht in de strijd gooien, maar uiteindelijk belandde hij met een bonk naast de bank. Hij zou waarschijnlijk voorlopig niet meer fatsoenlijk kunnen zitten, maar dat was nu even niet belangrijk. Ze trok hem achteruit de badkamer in, plantte hem recht onder de douchekop en draaide de koude kraan zo ver mogelijk open.

Vadim schrok onmiddellijk wakker en graaide verward met zijn handen om zich heen. Audrey deed een stap achteruit zodat ze niet nat werd en wachtte ongeduldig af. Het duurde een paar minuten voor Vadim in de gaten had waar hij was. Hij draaide de kraan dicht, schudde het water uit zijn kletsnatte haren en keek Audrey verbaasd aan. Meteen lichtten zijn ogen op.

'Audrey!'

'Hallo, Vadim,' zei Audrey, stugger dan ze bedoelde.

Vadim leek het niet te merken. 'Wat brengt jou hier? Is Frian er ook?' vroeg hij met een glimlach.

Hij greep een handdoek van een plank en droogde traag zijn gezicht af.

'Frian ligt op de bank bij te komen. We moesten je vanaf het café hierheen slepen,' zei Audrey mat.

Vadim knikte schuldbewust. 'Ja, ik geloof dat ik iets te veel opheb. Ik ben ook zo'n mislukkeling. Jullie kwamen naar mij voor hulp, maar ik krijg niets voor elkaar.'

Audrey trok de druipende Rus overeind en liep voor hem uit naar de huiskamer. 'Als jij ons niet kon helpen, zouden we hier niet elke keer terechtkomen.' Ze wees naar de mok op tafel. 'Ik heb koffie voor je gezet.'

'Dat is lief van je. Ik kan wel wat koffie gebruiken.' Hij wierp een blik op Frian, die nog steeds bewegingloos op de bank lag. 'Kan ik iets voor hem doen?'

Audrey schudde haar hoofd. 'Nee, stil blijven liggen is het beste. Zullen we naar de kelder gaan? Dan kan ik je vertellen wat we hebben bedacht.'

'Ja, natuurlijk. Mijn laboratorium. Kom maar mee.'

Beneden was het één grote rotzooi. Overal lagen blaadjes, reageerbuizen en stapels papier. Alle planten op de plank waren kaalgeplukt en Audreys schoenen verdwenen in een laag aarde.

'Ik heb alles geprobeerd, maar ik kan de juiste combinatie niet vinden,' zei Vadim. Hij zette zijn mok zo hard op het bureau dat de zwarte spetters alle kanten op vlogen. 'Ik weet niet meer wat ik moet doen.'

'Daarom zijn wij hier, denk ik,' zei Audrey. 'Wij bedachten dat je misschien levende planten met uitgestorven planten kunt kruisen.'

Vadim krabde nadenkend in zijn baard. 'Je bedoelt planten uit Nergens. Dat is niet eens een slecht idee.'

Audreys hart maakte een sprongetje. 'Dus het kan werken?' vroeg ze opgewonden.

De Rus knikte langzaam. 'Jawel, maar hoe krijgen we die planten bij elkaar?'

'Hoe bedoel je?'

'Je kunt geen uitgestorven planten meenemen uit Nergens.'

'O.'

'En ook geen levende naar Nergens.'

'Nee.' Audrey ging op het puntje van het bureau zitten en bestudeerde de wanorde om zich heen. 'Dus nu hebben we misschien een oplossing, maar die kunnen we niet uitvoeren.'

'Juist.'

'Maar waarom zijn we dan hier?'

Opeens begon Vadim als een gek spullen op te ruimen. Hij greep zijn kruidenpotjes en zette ze netjes op een rij in de kast. De stapels papier verdwenen in een prullenbak onder het bureau, gevolgd door een berg blaadjes. Met een bezem veegde hij vliegensvlug de aarde op een hoop.

'Ziezo, dat is beter. Nu kan ik weer denken. Weg met de oude ideeën, tijd voor nieuwe.'

Audrey begreep niet waar zijn optimisme zo plotseling vandaan kwam en keek met gefronste wenkbrauwen toe.

Vadim knipoogde naar haar. 'Je hebt gelijk, meisje. Waarom zijn jullie hier?'

Audrey kreeg geen tijd om te antwoorden.

'Omdat Vadim een medicijn kan maken,' ging hij uitgelaten verder.

Hij begon opnieuw tussen zijn plantjes en potjes te rommelen en Audrey besloot dat ze hem beter even alleen kon laten.

'Ik ga eens kijken hoe het met Frian gaat,' zei ze en ze stommelde de keldertrap op naar de huiskamer.

Frian was iets meer rechtop gaan zitten en keek haar wazig aan.

'Hoe gaat het?' fluisterde ze.

'Beter,' antwoordde hij met schorre stem.

'Ik zal een glaasje water inschenken.'

Hij dronk gulzig uit het glas dat ze hem voorhield. 'Heb je de oplossing al gevonden?' vroeg hij zacht.

'Nee, we weten niet hoe we de kruiden bij elkaar moeten krijgen. Vadim is ermee bezig.'

'Mooi.' Frian leunde achterover en sloot zijn ogen. 'Ik ga even slapen, oké?'

'Dat is goed.'

Audrey liep in gedachten verzonken de keldertrap af. Haar blik viel op de rijen boeken in de kast. 'Hé Vadim, is er niet een boek over uitgestorven planten?'

De Rus legde zijn aantekeningen weg en pakte een megadik boek uit de kast. 'Hier staan ze allemaal in.'

'Staat er ook in of ze genezende krachten hebben?'

'Ja, dat denk ik wel.'

'Misschien vinden we in het boek een plant die goed is tegen ademnood. Als Frian en ik weten hoe die plant eruitziet, kunnen we hem in Nergens zó vinden door er sterk aan te denken.'

Vadim deed een stap naar voren en omhelsde haar stevig. 'Je bent briljant, Audrey.'

'Ja, maar laat me nu maar weer los, je stinkt naar alcohol.'

'Ja, sorry. Als jij nog een kop koffie voor me haalt, zal ik eens in het boek neuzen.'

Audrey verdween nogmaals naar boven en toen ze terugkwam met twee dampende mokken, zat Vadim ingespannen naar een tekening in het boek te staren.

'Heb je iets gevonden?' vroeg Audrey, terwijl ze hem zijn koffie aanreikte.

Vadim knikte enthousiast. 'Ik denk het wel. Met deze plant hielpen ze vroeger mensen met longproblemen. Helaas sprongen ze niet zo zorgvuldig om met het arme plantje. Minder dan een jaar na de ontdekking van zijn geneeskundige krachten was het van de aardbodem verdwenen.'

'Laat eens kijken.' Audrey draaide het boek om en bestudeerde het plaatje. Het was een klein struikje met gekartelde blaadjes.

Vadim tikte met zijn vinger op de andere pagina. 'In de zomer komt hij tot bloei. Dan groeien er piepkleine felrode bloemen op de blaadjes. Hij moet niet moeilijk te herkennen zijn.'

'Hoeveel hebben we nodig om Frian te genezen?'

'Hij zal denk ik een kuur van een week moeten hebben. Het is heel sterk spul. Maar let wel op: het gaat pas werken als de kuur helemaal af is. Elke minuut die hij op aarde doorbrengt na de eerste dosis is dus nog steeds gevaarlijk voor hem.'

'Want hij wordt steeds zieker,' vulde Audrey aan. 'Hij is pas na de laatste behandeling genezen. Oké, ik begrijp het.'

'Ik weet nog niet hoe ik de planten kan combineren of het medicijn kan toedienen, dus voorlopig kunnen jullie nog even niet verder...' verontschuldigde Vadim zich, waarna hij zijn wenkbrauwen fronste. 'Maar als dit de goede plant is, zou je dan niet al in Nergens moeten zijn?'

‘Ik ben al onderweg,’ grijnsde Audrey.

Vadim zwaaide verdwaasd naar haar verdwijnende hand en toen naar haar mok, die in gruzelementen op de grond viel. Hij veegde de scherven aan de kant, pakte pen en papier en ging met frisse moed aan de slag. Hij moest nog iets zoeken tegen duizeligheid en spierverslapping.

27

Nathalie hing een beetje voorover over de balie, zodat Tom de baliejongen goed zicht had op haar decolleté. Af en toe gooide ze haar haren over haar schouder. Haar glimlach stond op de verleidelijkste stand en met een lief stemmetje informeerde ze naar de bezorger die op de bewuste avond door haar straat had gereden. Nu de ergste drukte van de dag weer voorbij was, stond de jongen alleen achter de balie, dus kon hij ongestoord de informatie opzoeken.

'Eigenlijk hoor ik dit niet te kunnen,' bekende hij fluisterend. 'Maar ik ben goed met computers, dus voor mij is het een koud kunstje om erachter te komen wie er toen reed.'

Nathalie knikte hem vriendelijk toe. 'Wat goed van je, Tom! Jij bent vast de beste van de klas.'

Tom bloosde en richtte zijn blik op het beeldscherm. 'Hier heb ik het. Dat moet Victor Voorn zijn geweest. Hij reed altijd in die buurt. Maar hij werkt hier nu niet meer.'

Nathalie knipperde verleidelijk met haar ogen. 'Kun je ook zien welke auto hij bij zich had?'

'Natuurlijk, dat is een makkie.' Tom ramde verwoed op het toetsenbord en keek haar triomfantelijk aan.

'Hij reed altijd met dezelfde wagen. Dat was bedrijfswagen 33.'

'En waar staat die auto nu?'

'Achter op de parkeerplaats.'

Nathalie boog nog wat verder naar voren en wenkte de jongen dichterbij. 'Zouden wij eens een kijkje mogen nemen, denk je?'

Toms hoofd werd knalrood. Hij keek van Scott naar Nathalie en toen achterom. 'Ik weet niet. Ik mag eigenlijk niet...'

'Ach, doe niet zo flauw. Anders vraag ik je zaterdag niet mee uit.'

Hij begon spontaan te stotteren. 'O... m...maar... ik denk d...dat het wel even k...kan, hoor.'

'Super,' riep Nathalie uit en ze gaf hem een klopje op zijn hand.

Tom staarde een paar seconden beduusd naar de plek waar ze hem had aangeraakt en boog zich toen weer naar haar toe. 'Als je hier de straat in loopt en dan linksaf gaat, loop je zo het parkeerterrein op. Ik zie je daar wel.'

'Oké. Kom, Scott.'

Ze volgden zijn instructies op en even later stonden ze achter het pand op een parkeerplaats, waar de Spare Rib Express-wagens netjes naast elkaar geparkeerd waren.

'Wauw, je bent echt een natuurtalent,' zei Scott.

'Ik zei toch dat ik het voor elkaar zou krijgen.'

'Ik vind het wel een beetje zielig, hoor. Hij doet alles voor je en hij krijgt er niets voor terug.'

In het pand ging er een deur open en Tom verscheen aarzelend.

'Ik vind wel dat je iets terug moet doen,' ging Scott zachtjes verder.

'Oké,' fluisterde Nathalie. 'Ik ga wel een keer met hem uit.'

Scott kon niet meer reageren, want inmiddels stond Tom naast hen. Hij wees naar een bestelwagen, die een keer te veel door de modder was gereden.

'Die is het.'

'Heb je een sleutel?'

'Eh... ja.' Met duidelijke tegenzin gaf hij haar de sleutel. Nathalie gebaarde naar Scott dat hij voorin moest kijken en zelf dook ze achterin. Tom keek zenuwachtig toe.

'Scott! Ik heb iets!' siste ze opeens.

Scott stond meteen naast haar en bestudeerde het ronde ding in haar hand. 'Wat is dat?'

'Eefjes stuiterbal.' Scott pakte hem van haar aan en rolde hem over zijn hand heen en weer. 'Hoe weet je dat deze van haar is? Er zijn waarschijnlijk honderden van die dingen.'

Nathalie griste de bal uit zijn handen en wees op een klein zwart vlekje. 'Hier stond een E. De E van Eefje. Hij is wat vervaagd door het vele stuiteren. Geloof me, deze bal is van haar.'

'Ik weet het niet hoor, Nathalie.'

Nathalie stampte ongeduldig met haar voet op de grond. 'Waarom zijn we dan hier? Dat kan toch geen toeval zijn?'

'Nee, dat is waar.'

'Nou dan!'

Tom had zenuwachtig toe staan kijken, maar nu tikte hij Nathalie aarzelend op haar schouder. 'Eh... zijn jullie bijna klaar? Ik moet terug, anders krijg ik op m'n kop.'

'Ja, we zijn klaar.'

Tom haalde opgelucht adem.

'Kun je nog iets voor ons opzoeken?' voegde Nathalie er liefjes aan toe. 'Nog één piepklein dingetje?' Ze zwaaide haar haren nog eens naar achteren. 'Dan mag je zaterdag met ons mee.'

Er verscheen een brede lach op Toms gezicht. 'Oké dan, ik zie jullie binnen.'

Ze liepen terug en lieten hem het adres van Victor Voorn opzoeken. Hij woonde maar een paar straten verderop.

'Zullen we meteen gaan kijken?' vroeg Nathalie. 'Het is ongeveer tien minuten lopen.'

'Prima. Maar daarna moeten we wel een slaapplaats gaan zoeken. Het wordt al laat.'

Ze pakten hun spullen bij elkaar, bedankten Tom en liepen naar de deur.

'Tot zaterdag!' riep Tom hen na.

Nathalie draaide zich om. 'Wat?'

'Tot zaterdag toch?' klonk het nu onzeker.

Scott stootte haar aan. 'Je hebt het beloofd,' fluisterde hij.

Nathalie bekeek Tom nog eens goed. Eigenlijk was het best een leuke jongen om te zien. Als hij niet zo verlegen zou zijn, was hij haar misschien al eerder opgevallen. Nu het wat haar betreft over was met Mike, kon ze hem best een kans geven. 'Zaterdag kan ik niet, maar we spreken wel een andere keer af, oké?'

Tom was duidelijk teleurgesteld.

Nathalie glimlachte naar hem. 'Ik beloof het.'

Zijn gezicht klaarde op en hij zwaaide hen vrolijk uit.

℘ 28 ℘

'Een beetje rust tussendoor is best fijn, hoor,' zei Audrey.

Ze zat naast Frian op de bank in de huiskamer van de villa en bekeek de vele kanalen die hij op zijn tv had.

'Maar ik vraag me wel af waarom we niet naar het politiebureau zijn geflitst. Het leek zo'n goed idee,' vervolgde Audrey.

'Misschien had je toch gelijk en heeft het geen zin om naar de politie te gaan. Je zei zelf dat hij daar ook vrienden heeft,' zei Frian.

'Of misschien moeten we dan gewoon de juiste persoon te pakken zien te krijgen en flitsen we alleen naar Breda als hij aanwezig is,' bedacht Audrey hoopvol.

Toen ze een tinteling in haar buik voelde, keek ze Frian triomfantelijk aan.

'Dat was het dus inderdaad,' zei ze, om vervolgens door de bank én de vloer heen te zakken.

Ze landden naast elkaar op de stoep voor het politiebureau, trokken hun jassen aan en hesen hun rug- en slaapzakken op hun rug. Frian begon meteen te hoesten.

'Gaat het wel?' vroeg Audrey bezorgd.

Frian antwoordde met zo'n zware hoestbui dat Audrey dacht dat hij erin zou stikken.

'Dit gaat zo niet,' besloot ze toen hij eindelijk bekomen was. 'Als jij daarbinnen instort, komen we nooit toe aan mijn verhaal. Ik heb een beter idee.'

Ze nam zijn rugzak van hem over en liet hem op haar steunen, terwijl ze begonnen te lopen.

'Mijn vriendin Sanne woont hier vlakbij,' legde ze uit. 'Ik kan je wel even bij haar achterlaten. Dan ga ik alleen naar de politie.'

'Dat lijkt me... erg... riskant,' hijgde Frian. 'Het staat zo vreemd... als iemand thuiskomt en... er ligt een vreemde jongen... op de bank.'

Audrey keek op haar horloge. 'Sanne zal nu op school zitten en haar ouders werken allebei. Ik weet waar de schuursleutel ligt. Je kunt in de schuur blijven tot ik klaar ben.'

Frian schudde moeizaam zijn hoofd. 'Beter... van niet. We moeten dit... samen... doen.'

'Als ik je in deze toestand meeneem naar het politiebureau, brengen ze je meteen naar het ziekenhuis. Ik zal moeten uitleggen wat je hebt, waar je ouders zijn. Voordat ik dan mijn verhaal kan doen, ben jij allang...'

De rest van de zin kreeg ze niet over haar lippen.

Frian hoestte, sloot zijn ogen en knikte. 'Oké dan.'

Ze strompelden verder en na een paar minuten stonden ze stil voor een rode voordeur.

Audrey speurde de straat af. 'De auto staat er niet, dus ze zijn inderdaad weg.'

Ze liepen achterom en terwijl Frian zich moeizaam tegen de schutting staande hield, haalde Audrey de sleutel onder een losliggende steen vandaan en opende de schuurdeur. Ze vond een dikke deken, die ze op de grond achter een paar dozen legde, installeerde Frian erop, gaf hem een snelle kus op zijn voorhoofd en haastte zich naar het politiebureau.

Tegen de vrouw achter de balie zei ze dat ze meteen iemand wilde spreken, omdat ze iets belangrijks had gezien. Na een korte aarzeling gaf ze haar naam. De receptioniste pakte de telefoon en zei dat ze moest wachten. Blijkbaar ging er geen belletje rinkelen bij het horen van Audreys naam. Haar vader had haar dus niet als vermist opgegeven.

Ongeduldig ijsbeerde Audrey heen en weer in de wachtruimte. Hoe zou het met Frian gaan? Wat nou als ze te langzaam was? En wat als het mislukte? Zouden de foto's genoeg zijn om een onderzoek te starten? En zo niet, moesten ze dan weer terugkomen? Zou Frian dat volhouden of zou hij...

De deur zwaaide open en een man in een net pak nam haar met een zorgelijk gezicht van top tot teen op. 'Audrey Noort?'

Ze knikte.

'Kom maar mee.'

De rechercheur hoorde haar verhaal fronsend aan. Natuurlijk vertelde ze hem niets over Nergens. Zelf zou ze tenslotte ook nooit geloven dat zoiets bestond. Ze overhandigde de foto's en wachtte gespannen af.

Uiteindelijk hees de rechercheur zich uit zijn stoel. 'Ik ben zo terug,' zei hij.

De zenuwen gierden door Audreys keel terwijl ze wachtte. Om de haverklap keek ze op haar horloge. Ze was hier al een half uur. Ze moest echt opschieten, anders zou het misschien te laat zijn voor Frian.

De deur ging open en de rechercheur kwam binnen met een stapel papieren in zijn hand.

'Ik heb het even nagetrokken,' zei hij, terwijl hij zijn zware lijf op de stoel liet zakken. 'Ralf Noort is inderdaad een paar jaar geleden door zijn dochter en vrouw aangeklaagd wegens mishandeling...'

Audrey knikte.

'...en vrijgesproken,' ging de agent verder. 'Ik moet dus al aardig wat bewijs hebben, wil ik hem opnieuw kunnen oppakken.'

'Maar de foto's dan?'

'Die moet ik natrekken. Ik zal in de database van vermiste kinderen kijken. Met die foto's van twee mannen die een envelop met geld uitwisselen, kan ik niks. Je vader is er amper op te herkennen.' Hij hief zijn handen in een verontschuldigend gebaar. 'Wat de mishandeling betreft, het zou helpen als je moeder ook aangifte deed.'

'Maar...'

De agent stond op en opende de deur. 'Sorry, meisje. Ik zal de foto's nakijken, maar meer kan ik nu niet voor je doen.' Hij liep de gang in en Audrey volgde hem naar de balie. Ze schudde zijn uitgestoken hand en pakte het kaartje aan dat hij haar gaf.

'Als je moeder zich bedenkt, moet je mij maar bellen.'

Met tegenzin stemde Audrey in en ze liep met gebogen hoofd het politiebureau uit. Nu was ze nog geen stap verder. Haar vader liep nog steeds vrij rond.

De hele weg terug naar Sannes huis rende ze. Als ze nou maar op tijd was. Hijgend trok ze de schuurdeur open. Frian lag nog op precies dezelfde plek, met zijn ogen gesloten.

Audrey knielde naast hem op de deken. 'Frian, gaat het?'

Hij keek haar aan en knikte, maar hij zag eruit alsof hij elk moment het bewustzijn kon verliezen. 'Is het… gelukt?' fluisterde hij moeizaam.

'Mijn moeder moet aangifte doen, maar dat doet ze toch niet,' zuchtte Audrey.

'Dan moeten we… bedenken… hoe we haar… over kunnen halen.'

'Ja,' fluisterde Audrey en met Frian tegen zich aan gedrukt, liet ze zich meevoeren terug naar Nergens.

ꕤ 29 ꕤ

Nathalie en Scott liepen stevig door en stonden na een minuut of tien achter de struiken tegenover het adres dat Tom hun had gegeven. Het was het een-na-laatste huis in een doodlopende straat. Het zag er nogal onverzorgd uit. De verf bladderde van de gevel af en plukken onkruid staken omhoog in de tuin. Zowel boven als beneden waren de versleten gordijnen dichtgetrokken.

'Hier is het,' fluisterde Nathalie. 'Zou hij thuis zijn?'

'Weet ik het,' antwoordde Scott. 'Maar we kunnen wel even aanbellen. Dan vragen we meteen of hij Eefje toevallig heeft.'

Nathalie wierp hem een dodelijke blik toe. 'Doe niet zo flauw, Scott. We zullen toch iets moeten verzinnen.'

Scott krabde aan zijn kin. 'We kunnen eens om het huis heen lopen en kijken of we in de tuin kunnen komen,' stelde hij voor.

Nathalie kwam achter de struik vandaan. 'Oké.'

Ze liepen om het huizenblok heen. Nathalie ging op de onderste plank van de schutting staan en gluurde er voorzichtig overheen. Meteen liet ze weer los en ze landde boven op Scotts tenen.

'Au! Kijk uit!'

'Sorry,' zei Nathalie, terwijl ze haar handen afveegde. 'Maar hij zat in de keuken, dus ik schrok me rot. Ik denk dat we beter...'

'Kan ik jullie helpen?'

Ze draaiden zich allebei vliegensvlug om. Een vrouw van rond de veertig met halflang donker haar keek hen onderzoekend aan. Het keffertje naast haar gromde zachtjes.

'O... eh... nee hoor,' stotterde Scott met een rood hoofd. 'We gaan al.' Hij draaide zich om en wilde Nathalie meetrekken, maar de vrouw nam geen genoegen met zijn antwoord.

'Wat deed jij daar op die schutting?' vroeg ze aan Nathalie.

Nathalies hersens weigerden dienst. Waarom was ze op de schutting geklommen? Dat was een goede vraag. En een goed antwoord kon ze zo snel niet bedenken.

Terwijl de vrouw ongeduldig met haar voet op de grond tikte, schoot Scott haar te hulp.

'Sorry, mevrouw,' zei hij met zijn onschuldigste gezicht. 'Maar we zagen een poes met een vogel in zijn bek. Ik dacht dat we hem nog wel konden redden, dus gingen we achter hem aan. Maar toen sprong de poes over deze schutting. Ik zei dat we hem moesten laten gaan, maar Lotte wilde het toch proberen.'

Nathalie stampte gemeen op zijn tenen bij het horen van de naam Lotte, maar toverde ondertussen haar liefste glimlach tevoorschijn.

'Helaas is de schutting te hoog, ik ben niet zo'n goede klimmer. En Pim hier heeft hoogtevrees.'

De vrouw was duidelijk tevreden met deze uitleg. 'Het is zielig voor dat vogeltje,' zei ze. 'Maar zo gaat dat in de natuur.' Ze trok aan de riem en het hondje kefte verontwaardigd. 'Nou, fijne avond nog, hoor,' zei ze, terwijl ze zich omdraaide. 'Kom, Tarzan.'

Scott en Nathalie wachtten tot de vrouw de hoek om was verdwenen.

'Wat doen we nu?' vroeg Nathalie.

Scott liep weg en gebaarde dat ze hem moest volgen.

'Waar gaan we naartoe?' wilde Nathalie weten.

'Ik heb een idee,' zei Scott.

Ze volgde hem naar het einde van het paadje en rechtsaf de straat in. Voor het derde huis bleven ze staan.

'Kijk,' wees Scott. In de tuin stond een bord: *Bed & Breakfast.* 'Ik zag daarnet al een bordje staan. Misschien kunnen we hier overnachten.'

'Nee joh, dat gaat niet. We zijn minderjarig, we kunnen niet zomaar een kamer huren.'

'Tuurlijk wel. Laat mij dit maar regelen.'

Hij liep zelfverzekerd naar de voordeur en belde aan. Nathalie ging naast hem staan. De deur vloog open en een vrouw met een gezicht als een plumpudding lachte hen toe.

'Hallo! Wat kan ik voor jullie doen?'

Scott schraapte zijn keel. 'Dag mevrouw, voor een project op school moeten wij een onderzoek doen naar de kwaliteit van *bed and breakfasts* in Nederland. Van onze ouders mochten we er een paar proberen als ze niet te duur waren. We vroegen ons af of we misschien een nachtje bij u mochten logeren.'

De vrouw klapte enthousiast in haar handen. 'O, maar natuurlijk! Wat leuk! Kom binnen, kom binnen.' Ze hobbelde de gang in en pakte een paar folders van een tafeltje. 'Ik heb informatie over de omgeving en...'

'Dat is heel fijn,' onderbrak Scott haar. 'Maar mag ik vragen wat het kost?'

'Ik heb hier een folder met alle prijzen en andere informatie over ons. Maar ik kan jullie misschien wat korting geven. Dat komt wel goed. Zal ik jullie maar meteen je kamer wijzen? Ik heb er twee, dus jullie kunnen kiezen.'

Ze stommelde de trap op en Scott en Nathalie volgden, opgelucht dat het zo makkelijk ging. Ze konden kiezen uit een kamer aan de voorkant of aan de achterkant. Nathalie wilde voor de voorkant kiezen, maar Scott had al gezegd dat ze de andere kamer wilden, dus zetten ze daar de spullen neer.

'Zo, dan kunnen jullie je lekker opfrissen en rustig rondkijken. Als jullie dorst hebben, hoor ik het wel. Dan zet ik een kopje thee. En voor vragen ben ik ook beschikbaar. Betalen komt later wel,' ratelde de vrouw.

Ze draaide zich om en Scott deed snel de deur dicht.

'Waarom koos je nou voor deze kamer, sukkel? Die andere was veel groter,' viel Nathalie meteen tegen hem uit.

Scott liep naar het raam en schoof het gordijn opzij. 'Kijk.'

'Wat?' Nathalie kwam naast hem staan.

'We kijken recht op de voordeur van Victor Voorns huis.'

Nathalie kon het niet geloven. Wat een geluk! Nu hoefden ze niet langs dat rare mens naar buiten te sluipen. Ze zouden gewoon zeggen dat ze moe waren en konden dan de hele avond voor het raam gaan zitten kijken.

Ze gaf Scott in een vlaag van verstandsverbijstering een kus op zijn wang en onderdrukte de neiging om haar mond af te vegen.

'Pim, je bent geweldig,' zei ze. 'Ik ga even thee halen en zeggen dat we meteen willen gaan slapen.'

Ze stommelde de trap af en kwam een paar minuten later terug met een dienblad, waarop een theepot, twee grote mokken en een schaal met koekjes stonden.

'Zo, dan hebben we er tenminste nog wat lekkers bij,' grijnsde ze. 'Die vrouw laat ons wel met rust. En ik heb haar alvast betaald voor het geval we plotseling moeten vertrekken.'

Ze installeerden zich op twee stoelen voor het raam en wachtten af. Maar er gebeurde niets en na een tijdje dommelde Nathalie in. Ze schoot wakker toen Scott haar hard aanstootte.

'Er komt iemand aan!'

Nathalie zat meteen overeind en drukte haar neus tegen het raam. Een man in donkere kleding boog zich over een kleine aanhanger die aan een fiets was vastgemaakt.

'Is dat 'm?' vroeg Nathalie.

'Ik weet het niet. Hij kwam uit het steegje. Maar hij kijkt de hele tijd schichtig om zich heen en hij staat voor de deur van dat huis.'

De man zette een aantal emmers op de deken in zijn aanhanger en wierp een blik over zijn schouder.

'Hij is duidelijk ergens bang voor,' merkte Scott op. 'En het lijkt wel alsof er iets onder die deken ligt. Alsof hij iets probeert te verbergen.'

Nathalie kneep haar ogen tot spleetjes om het beter te kunnen zien en knikte. 'Inderdaad. Er ligt iets onder. Maar wat?'

De man haalde een sleutel uit zijn zak en deed de voordeur van het huis open.

'Zie je dat het hem is,' zei Scott triomfantelijk.

'Ja, maar wat is hij aan het doen?'

'Hij gaat iets wegbrengen, zo te zien.'

'Wat zit er in die emmers, kun jij dat zien?'

'Niets, volgens mij,' zei Scott.

'Dat slaat toch nergens op? Waarom zou hij lege emmers gaan wegbrengen?' Nathalie wierp een blik op haar horloge. 'En nog wel om elf uur 's avonds.'

'Ik denk dat die emmers een camouflage zijn voor wat er onder die deken ligt,' zei Scott. 'Zo lijkt het alsof hij emmers gaat wegbrengen, maar eigenlijk... O, hij is al weer terug. Hij heeft een jas aangetrokken.'

Nathalie sprong op. 'Moeten we niet achter hem aan?'

Scott keek weer naar de man, die opstapte en de straat uit fietste. 'We kunnen hem toch niet bijhouden. Wie weet waar hij helemaal heen gaat.'

'Maar wat nou als Eefje onder die deken ligt en hij haar wegbrengt? Dan vinden we haar nooit meer!'

'Als hij met een lege aanhanger terugkomt, bellen we bij hem aan en slaan hem tot moes tot hij zegt waar Eefje is.' Scott sloeg met zijn vuist in de lucht en Nathalie kon een glimlach niet onderdrukken.

'En trouwens,' ging Scott verder, 'misschien gaat hij wel iets ophalen. Vandaar de lege emmers. Of...'

Hij stak een vinger in de lucht voordat hij verderging.

'Of er ligt een ander meisje onder die deken.'

'Als er een ander meisje onder die deken ligt, waarom zijn wij dan hier?' merkte Nathalie op.

'Omdat Victor Eefje misschien wel heeft ontvoerd, maar al eerder heeft weggebracht.'

'Dat zou kunnen,' gaf Nathalie toe. 'Zullen we dan maar hier wachten tot hij terugkomt?'

'Dat lijkt me het beste. We komen toch nooit ongezien langs die mevrouw beneden. En we zitten hier warmer dan achter die struik.’

Nathalie deed een greep in de schaal naast zich. ‘Koekje?’

‘Lekker. En doe nog maar een kop thee. We zitten hier nog wel even, denk ik.’

30

'Zullen we na het eten eens gaan kijken of we die plant kunnen vinden voor Vadim?' vroeg Frian, terwijl hij een grote hap uit zijn broodje kroket nam. 'Jij weet hoe die eruitziet, toch?'

'Ja,' zei Audrey, 'maar ik denk dat het beter is om eerst te bedenken hoe we de planten bij elkaar kunnen krijgen. Als we zo'n plantje plukken, zal het snel doodgaan en dan hebben we er niets meer aan.' Ze kauwde op haar tosti.

'Wat zeiden ze nou bij de politie?' vroeg Frian.

'Dat ze niets kunnen doen, omdat hij al eens is vrijgesproken. Maar dat het wel helpt als mijn moeder ook aangifte doet. Helaas zie ik dat nog niet gebeuren.' Ze zuchtte. 'Ik ben trouwens niet als vermist opgegeven. Mijn vader heeft waarschijnlijk weer een kletsverhaal in elkaar gedraaid over een tante in Spanje, waar ik logeer en zogenaamd naar school ga.'

‘Dat kwam nu wel goed uit, anders hadden ze je regelrecht naar huis gebracht, denk ik.’

‘Mmm, inderdaad.’

‘En de foto’s?’

‘Daar zou hij nog naar kijken. Maar hij leek me weinig geïnteresseerd.’

‘Dan zullen we verder moeten zoeken naar een oplossing,’ zei Frian.

Audrey duwde haar bord met nog een halve tosti erop van zich af. ‘Waarom is het toch allemaal zo lastig?’ mopperde ze.

‘Tja, als het makkelijk was, hadden we niet naar Nergens hoeven komen.’

‘Nee, dat is waar. Maar ik word er wel een beetje moedeloos van.’

‘Zullen we anders eerst nog een stukje gaan wandelen?’ stelde Frian voor. ‘Ik heb nog wel iets leuks te laten zien. Dan ben je even afgeleid.’

‘Oké. Ik ben benieuwd.’

Ze pakten voor de zekerheid hun rugzakken en winterjassen en Frian wenkte Audrey dichterbij. ‘We zullen moeten vuurspringen, dus hou je maar vast,’ zei hij.

Het was wat onhandig met al die spullen, maar Audrey hield zich zo goed mogelijk vast en toen ze haar ogen opende, stond ze in het hoge gras. Het was hier een stuk kouder dan in de villa en ze trokken snel hun jassen aan. De slaapzakken en rugzakken legden ze op een stapel in het gras.

‘Waar zijn we?’ vroeg Audrey.

‘Op de steppe. Hier woont een vriend van me.’

‘Staan hier huizen dan? Ik zie niets anders dan gras.’

‘Nee, geen huizen,’ lachte Frian. ‘Je zult het wel zien.’

Hij floot op zijn vingers en even gebeurde er niets. Toen kwam er een soort panter met een noodvaart op hen afgerend. Audrey slaakte een gil en deed een paar stappen achteruit. Het beest was grijs en wollig, had enorme slagtanden en denderde recht op Frian af.

'Pas op!' gilde Audrey. Ze pakte zijn arm en samen zetten ze het op een lopen. Een blik over haar schouder liet haar hart nog sneller slaan. Het beest kwam steeds dichterbij.

'Hij haalt ons in!' gilde ze angstig.

Frian hield stil en duwde Audrey opzij. 'Blijf daar. Ik hou hem wel tegen,' zei hij vastberaden.

Hij plantte zijn voeten stevig op de grond en wachtte tot het beest bij hem was. Audrey kneep haar ogen dicht. Er klonk een bonk en daarna gegrom en gelach. Audrey opende voorzichtig haar ogen. Frian en het beest rolden over de grond. Frian had zijn arm om de wollige kop geslagen en draaide zijn lichaam, zodat hij boven op de witte buik kwam te zitten. Het beest gromde zacht en liet zijn kop achteroverzakken.

'Heb je hem in bedwang?' vroeg Audrey bibberend.

'In bedwang? Dit beest weegt bijna tweehonderd kilo en kan met zijn tanden je nek doorboren. 'In bedwang' is niet echt de juiste bewoording.'

Audrey veegde met trillende handen een pluk haar uit haar gezicht. 'Kun je hem niet vastbinden of zo?'

Frian schaterde het uit. 'Vastbinden? Waarom zou ik? Dit is mijn vriend. Hij stoeit graag. Kom maar.'

Audrey schudde haar hoofd en bleef staan.

'Kom nou maar. In Nergens kan niemand elkaar kwaad doen. Je bent veilig.'

Aarzelend kwam Audrey dichterbij.

'Aai hem maar eens over zijn buik.'

‘Ik dacht het niet.’

Maar Frian pakte haar hand en legde hem op de wollige buik.

Audrey liet haar hand door de lange haren glijden. ‘Wauw, hij is echt zacht.’

Het beest gromde zachtjes en Audrey trok haar hand terug.

‘Niet schrikken,’ zei Frian. ‘Hij vindt het fijn. Ga maar door.’

‘Wat is het eigenlijk voor een beest?’ vroeg Audrey.

Frian liet zich in het gras glijden. ‘Een sabeltandtijger.’

‘Ik dacht dat die bruin waren.’

‘Sommige wel. Het ligt eraan waar ze leven. Deze soort heeft zich aangepast aan de steppe, waar we nu zijn.’

‘Hij is prachtig,’ zei Audrey. ‘Met die zwarte strepen aan de zijkant en die witte buik.’

Opeens draaide de tijger zich om en hij sprong overeind.

Audrey deinsde achteruit. ‘Wat doet hij?’ riep ze angstig.

‘Ik denk dat hij honger heeft,’ antwoordde Frian. ‘Ja, kijk maar.’ Hij wees naar een boompje verderop.

Audrey kon er niets bijzonders aan ontdekken. Tot ze zag dat de stam langzaam groeide. Ze kneep haar ogen samen om het beter te kunnen zien. De stam werd breder en breder, tot hij uiteindelijk ongeveer anderhalve meter breed was. Het bruin werd wat lichter en er verschenen allemaal witte vlekjes op. Uit een van de takken aan de zijkant ontstond een dunne nek met daarop een spitse kop. Het boombeest schudde met zijn kop, waarop twee puntige oren omhoogschoten. Aan de achterkant verscheen een klein staartje en toen de laatste takken in de vacht verdwenen, kwam het dier op vier wankele pootjes overeind.

Audrey knipperde met haar ogen. ‘Dat lijkt wel een hert.’

De tijger gromde zacht.

'Het is ook een hert. Een van de favoriete hapjes van de sabeltandtijger,' zei Frian.

'Maar hij leeft!'

'Ja, natuurlijk. Een tijger moet kunnen jagen. En hier in Nergens kan hij geen andere dieren opeten.'

'Dus als hij honger heeft, wordt er een hert voor hem gemaakt?'

'Precies. Of een eland, een paard, of iets anders waar hij zin in heeft.'

'Wat raar. Maar zo blijven er toch geen bomen meer over?' fluisterde Audrey.

'Maak je daar maar geen zorgen over. Dat boompje staat morgen gewoon weer op zijn plek.'

Audrey keek ademloos toe hoe de tijger voor haar neus door het gras sloop. Hij zag er behoorlijk gevaarlijk uit en ze kon zich niet voorstellen dat ze hem net nog had geaaid.

Het hert stond al steviger op zijn poten en trok wat gras uit de grond, zich totaal niet bewust van het dreigende gevaar. Ondertussen sloop de tijger steeds dichterbij. Hij had het hert bijna bereikt toen het zijn oren spitste en ervandoor ging. De tijger gromde en stoof erachteraan. Het hert zigzagde door het gras en de tijger volgde hem op de voet. Elke keer als hij hem bijna te pakken had, maakte het hert een scherpe bocht en leek hij nog harder weg te sprinten. Opeens bleef de tijger staan.

'Waarom stopt hij?' vroeg Audrey.

'Hij is moe. Hij kan maar even zo hard rennen en een hert kan dat eindeloos volhouden.'

Het hert rende nog een eindje door en bleef bij een boompje staan. Blijkbaar besefte het dier dat de tijger het had opgegeven. Na nog een blik achterom graasde hij rustig verder, alsof er niets was gebeurd.

Alleen zijn oortjes bleven gespitst.

Audrey keek naar de tijger, die was gaan liggen en vervolgens weer voorzichtig dichterbij sloop. Na een paar meter verdween hij uit het zicht en zag ze alleen nog af en toe het gras bewegen. Het hert had niets in de gaten.

Audrey hield haar adem in toen ze een paar meter van het hert vandaan twee grijze oren omhoog zag komen. Er klonk een diepe grauw en de tijger vloog door de lucht. Het hert sprong met verbazingwekkende snelheid opzij en ging er weer vandoor. De tijger zette de achtervolging in. Slingerend van links naar rechts kwamen ze steeds dichter bij elkaar. En toen was het opeens voorbij. De tijger maaide zijn prooi met één poot tegen de grond en zette zijn tanden in de nek.

'Nu kunnen we beter gaan. Het is niet zo leuk om een tijger te zien eten,' zei Frian en hij sloeg zijn arm om Audrey heen. 'Terug naar huis?'

Audrey knikte. Door de vlammen heen wierp ze nog een laatste, verbijsterde blik op de tijger, die zijn prooi uit elkaar rukte.

꧁ 31 ꧂

'Misschien blijft hij wel de hele nacht weg,' merkte Nathalie moedeloos op, terwijl ze het laatste koekje in haar mond stak. 'Wil je nog thee?'

Scott hield zijn mok omhoog en Nathalie schonk hem vol.

'O, daar is hij.'

Ze bogen dichter naar het raam toe.

'Hij heeft nog steeds alleen maar lege emmers bij zich,' zag Scott.

'En er ligt nog steeds iets onder de deken,' vulde Nathalie aan.

Victor Voorn stopte voor zijn voordeur en keek weer schichtig om zich heen. Nadat hij de hele straat had verkend, liet hij zijn blik over de ramen van zijn buren gaan.

'Bukken, hij kijkt hierheen.'

Ze doken allebei omlaag en Scott knoeide thee over zijn broek.

'Gadver. Gelukkig was het niet meer zo warm,' mompelde hij.

'Denk je dat hij ons heeft gezien?' vroeg Nathalie.

'Ik weet het niet.'

Ze kwamen iets omhoog en gluurden over de vensterbank naar buiten. Victor zette zijn lege emmers aan één kant op de aanhanger, keek nog een keer snel om zich heen en sloeg met een ferme beweging de deken opzij.

'Kijk nou!' gilde Nathalie.

Scott duwde haar meteen omlaag. 'Niet zo gillen, straks hoort hij ons,' siste hij.

Maar het was niet de man die haar had gehoord. Op de trap klonken gehaaste voetstappen en er werd op de deur geklopt.

'Is alles goed daar?'

Nathalie en Scott stapten snel in de bedden en kropen onder de dekens.

'Ja hoor,' riep Scott. 'Prima.'

De deur ging op een kier open en het gezicht van de gastvrouw kwam in beeld.

'Weet je het zeker? Ik hoorde iemand gillen.'

'Dat was Lotte. Ze had een nachtmerrie.'

'Maar het is alweer goed,' voegde Nathalie eraan toe, terwijl ze deed alsof ze tranen van haar wangen veegde.

'Oké,' knikte de vrouw. 'Dan laat ik jullie met rust. Slaap lekker Pim, Lotte.'

Nog voor de deur goed en wel dicht was, zaten Nathalie en Scott alweer voor het raam. Victor Voorn ging net door zijn voordeur naar binnen met iets in zijn armen. Nathalie haalde snel de verrekijker uit haar rugzak. De aanhanger was leeg, op de deken en de emmers na. Hoewel? Toen Nathalie nog eens keek, zag ze dat er iets roods onder de deken vandaan stak. Iets roods met een bekend logo erop.

'Eefjes schoen,' fluisterde ze.

Scott kreeg geen kans om te reageren, want ze waren alweer op weg naar Nergens.

Nathalie landde netjes op haar voeten naast de bank en schonk geen aandacht aan Scotts gemopper toen hij tijdens de landing zijn evenwicht verloor en hard met zijn knie tegen de salontafel stootte.

'Zag je dat? Het was Eefje! Ik zei het toch!' riep Nathalie opgewonden.

Scott plofte op de bank neer en wreef over zijn pijnlijke knie. 'Hoe weet je dat zo zeker? We hebben haar toch niet gezien?'

'Hij droeg een meisje naar binnen. Dat zag jij toch ook?'

'Dat is vrij zeker, ja.'

'En ik zag Eefjes schoen onder de deken liggen.'

'Ik heb geen schoen gezien.'

'Nou, ik wel. Er stak een stuk schoen onder de deken uit en ik herkende hem.'

'Wat voor schoen was het dan?' vroeg Scott, duidelijk nog niet overtuigd.

'Een rode Adidas. Eefje heeft ze een paar weken geleden gekregen.'

'Maar er zijn toch heel veel kinderen met zulke schoenen?' ging Scott koppig verder.

Nathalie sloeg haar armen over elkaar. 'Oké, wijsneus. Als dat niet Eefje was, hoe verklaar je dan dat we nu weer in Nergens zijn?'

Het bleef even stil en er verschenen diepe denkrimpels in Scotts voorhoofd. 'Het kan zijn,' begon hij voorzichtig, 'dat het juist níét Eefje was en dat we daarom weer hier zijn.'

'Dat klinkt niet erg logisch, want dat zou betekenen dat we de hele zoektocht vanaf de Spare Rib Express voor niks hebben gedaan. En je zei daarstraks dat Victor haar waarschijnlijk wel ontvoerd heeft.'

‘Ja, het kan zijn dat hij Eefje al ergens anders naartoe heeft gebracht en dat dit een ander meisje was,’ zei Scott.

Nathalie haalde vermoeid een hand door haar haren. ‘Het zou kunnen,’ gaf ze met tegenzin toe. ‘Maar het lijkt me niet echt logisch. En wel erg toevallig als dat meisje dezelfde schoenen zou hebben.’

‘Ja, misschien wel,’ zei Scott. ‘Wat doen we nu?’

‘Zullen we naar het café gaan en wat drinken? Dan kunnen we ondertussen bedenken wat we nu moeten doen.’

32

'Nou, echt rustgevend was dat niet, hoor,' zei Audrey toen ze weer in Frians villa stonden.

'Ach, je moet er gewoon aan wennen. Ik vind het altijd heerlijk om in het gras met Diego te stoeien.'

'Diego?'

'Ja, ik moest hem toch een naam geven.'

'Naar de tijger uit *Ice Age?*'

'Precies, dat past toch goed bij hem?'

'Jawel, maar...'

'We kunnen hier ook gewoon films kijken, hoor.'

'O, oké, dat vroeg ik me even af.' Audrey keek om zich heen. 'Kunnen we niet eens ergens anders naartoe? Ik bedoel, niet naar buiten om uitgestorven beesten te bewonderen, maar gewoon naar een eettentje of zo.'

'Er is een café waar veel mensen heen gaan voor een praatje of om wat te dansen.'

‘Laten we daarnaartoe gaan dan. Misschien ontmoeten we nog leuke mensen.’

Een paar minuten later landden ze in café De Ontmoeting en vonden ze een tafeltje bij het raam.

‘Nou, we zitten hier in ieder geval goed,’ zei Audrey, wijzend naar het uithangbord met de naam erop.

De bel aan de deur tingelde en Nathalie stapte binnen, gevolgd door een tengere jongen met onverzorgd haar.

‘Hé, daar heb je dat meisje dat naast me zat in de ontvangstkamer!’ riep Audrey uit en ze wenkte haar.

Scott stelde zich voor en schoof twee stoelen aan.

‘Hoe gaat het met jullie?’ vroeg Nathalie aan Audrey.

‘Met ons wel goed,’ antwoordde Audrey. ‘We zijn op zoek naar een medicijn voor Frian. Het lukt aardig. Alleen met mijn probleem komen we niet echt verder. En bij jullie?’

Nathalies gezicht betrok. ‘Ik weet het niet. Mijn zusje is ontvoerd. Ik denk dat we haar hebben gevonden, maar Scott denkt dat het een ander meisje is.’

‘Dat het een ander meisje kán zijn,’ onderbrak Scott haar. ‘Ik vraag me gewoon af...’ ging hij aarzelend verder. ‘Waarom vertrekt hij met een meisje in zijn aanhanger om vervolgens weer met haar terug te komen? Waarom zou hij zo veel risico nemen, terwijl hij haar ook gewoon in zijn huis kan achterlaten?’

Ze staarden allemaal voor zich uit, maar niemand had een antwoord.

‘Waarom bel je de politie niet?’ vroeg Audrey na een tijdje.

‘Als we naar de politie gaan,’ antwoordde Scott, ‘gaan ze ons eerst uithoren over waar we waren en dat kunnen we natuurlijk niet uitleggen.

En dan moeten we ze over zien te halen om bij die man thuis te gaan kijken. Misschien was het wel gewoon zijn dochter.'

'Dus je moet erachter zien te komen of het inderdaad Eefje was,' constateerde Frian.

'Hoe weet je dat ze nog leeft?' vroeg Audrey voorzichtig.

'Dat weten we ook niet zeker,' zei Nathalie en ze voelde de tranen in haar ogen prikken. 'Maar daar gaan we wel van uit, toch?' Ze wierp een smekende blik op Scott, die haar bemoedigend toeknikte.

Audrey klopte haar op de rug. 'Hé, het komt wel goed. Jullie hebben haar gevonden. Ze redt zich vast wel.'

'Ik weet het niet. Wat nou als we te laat zijn?'

Audrey boog zich naar Nathalie toe en pakte haar hand. 'We bedenken samen wel een oplossing.'

Nathalie keek haar met grote ogen aan. 'Maar jullie hebben je eigen problemen. Je hebt toch helemaal geen tijd om ons te helpen?'

'Tuurlijk wel. We kunnen toch samen een plan bedenken? We nemen gewoon nog wat te drinken en gaan hier pas weg als we iets hebben bedacht.'

❧ 33 ☙

‘Wauw! Wat een enorm huis heb jij!’ riep Nathalie uit, toen ze met z’n vieren bij Frians huis aankwamen.

‘Ja, mooi,’ beaamde Scott, die eindelijk eens een keer zachtjes landde, omdat Frian hem vasthield.

Frian haalde zijn laptop uit de werkkamer en zette hem op de keukentafel. ‘Nemen jullie maar wat te drinken, hoor. Ik maak die cheque wel even.’

Ze bestelden allemaal wat te drinken en keken zwijgend toe hoe Frian een cheque maakte die duizend euro waard was. Tenminste, dat stond erop. Volgens de tekst was de cheque alleen op de dag van ontvangst geldig. Hopelijk trapte Victor Voorn erin en ging hij meteen zijn prijs innen.

‘Hé,’ zei Nathalie, ‘nu we toch niets te doen hebben, kan ik je haar wel knippen.’

Scott dook verschrikt ineen. ‘Heb je dat wel eens eerder gedaan dan?’ vroeg hij.

‘Nee, maar zo moeilijk kan dat toch niet zijn? Er moet gewoon heel veel af.’

Scott wilde bezwaar maken, maar Audrey kwam tussenbeide. ‘Ik wil het wel doen. Ik knipte thuis altijd het haar van mijn ouders. Mijn vader vond een kapper geldverspilling.’

‘Oké, doe maar,’ zei Scott opgelucht.

‘Ik heb alleen geen schaar.’

Frian keek op van het scherm.

‘Aan het einde van de straat zit een kapperswinkel. Daar kun je zo een set halen.’

‘Dan loop ik daar even naartoe. Zoeken jullie ondertussen op internet een leuk kapsel uit?’

Nathalie schoof een stoel naast Frian en bekeek de plaatjes die hij haar liet zien. Scott keek over haar schouder mee.

Toen Audrey terugkwam, hadden ze een kort stekelkoppie uitgekozen, waar zowel Nathalie als Scott blij mee was. Audrey zette de schaar in Scotts haar en Nathalie hield het hele proces nauwlettend in de gaten. Het eindresultaat werd met een beetje gel rechtop gezet. Scott keek hen vragend aan en Audrey stak haar duimen omhoog. ‘Top!’

‘Veel beter,’ vond ook Nathalie.

Scott verdween in de badkamer en kwam er even later weer grijnzend uit. ‘Het is leuk!’ merkte hij verbaasd op.

Nathalie gaf hem een vriendschappelijke duw. ‘Natuurlijk is het leuk. Dat zei ik toch?’

‘De cheque is klaar,’ kondigde Frian aan. ‘Pak jullie spullen maar, dan print ik hem uit.’ Hij deed een vel extra dik, glanzend papier in de printer, zodat het net echt leek.

Nathalie en Scott hesen alles weer op hun rug en bedankten Frian en

Audrey voor de hulp.

'Ik hoop dat het lukt,' zei Audrey.

'Ik ook,' zuchtte Nathalie. 'En dat ze in orde is.'

'Vast wel.'

De printer spuugde de cheque uit en Frian knipte heel voorzichtig de witte randen eraf. 'Nou, hij is klaar. Zijn jullie zover?'

Scott knikte en wilde het papier aanpakken.

'Wacht!' riep Nathalie plotseling. 'Als we Eefje vinden, komen we hier dus niet meer terug.'

'Jawel,' zei Frian. 'Je hebt Scotts probleem toch nog niet opgelost?'

'O ja, dat is waar. Maar zullen we voor de zekerheid adressen en telefoonnummers uitwisselen? Ik vind het wel leuk om contact te houden. Als we allemaal weer thuis zijn.'

Audrey schreef snel haar gegevens op een briefje en gaf het aan Nathalie.

'Goed idee,' zei ze. 'Ik wil graag weten hoe dit afloopt. En ik zou Eefje wel eens willen ontmoeten.'

De adressen werden uitgewisseld, Scott pakte de cheque van duizend euro aan van Frian en hij en Nathalie verdwenen opnieuw naar de aarde.

34

'Frian! Kom eens kijken!' Audrey zat voor de enorme televisie in Frians huiskamer en keek gespannen naar de woorden die onder in beeld voorbijschoven:

VERMISTE MEISJES GEVONDEN IN DEN HAAG

Frian kwam naast haar zitten. 'Wat is er?'

Audrey wees naar het scherm. 'Zou dat iets te maken hebben met Nathalies zusje?'

De nieuwslezeres begon haar verhaal en ze luisterden zwijgend.

'Na een undercoveroperatie van bijna twee jaar heeft de politie maandagavond zes mensen gearresteerd die verdacht worden van ontvoering en handel in jonge meisjes. Volgens een woordvoerder van de politie in Den Haag is ook het brein achter de organisatie opgepakt. In het belang

van het onderzoek is nog niet bekendgemaakt of de hele organisatie is opgerold of dat er nog verdachten voortvluchtig zijn.'

Het beeld versprong naar een parkeerplaats, waar agenten ijverig heen en weer liepen en toeschouwers de nek rekten om iets te kunnen zien.

'Daarom kwam die Victor dus met dat meisje terug,' zei Frian. 'Hij moest haar waarschijnlijk overdragen, maar kreeg de kans niet omdat de politie daar stond.'

'Ssst,' zei Audrey, die niets wilde missen van het bericht.

'Rond elf uur maandagavond omsingelde de politie de ingang van het parkeerterrein van De Uithof in Den Haag. De verdachten openden direct het vuur op de agenten. Ze werden echter al snel overmeesterd. Niemand raakte gewond.

Na een korte inspectie van de voertuigen van de verdachten werden vier jonge Nederlandse meisjes ontdekt. Het bleek te gaan om de zesjarige Fleur de Winter, de tienjarige Janneke Bruinsma, de eveneens tienjarige Tina Jongeneelen en de twaalfjarige Suzanne Raaf, alle vier vorige maand als vermist opgegeven in Breda. De meisjes zijn vanochtend herenigd met hun families.'

De hal van het politiebureau vulde het beeld. Vier bange gezichtjes werden verlicht door flitsende camera's.

Audreys adem stokte. 'Dat lijken wel...' Ze schoof dichter naar de tv toe om het beter te kunnen zien. 'Dat zijn die meisjes!'

Frian schudde verward zijn hoofd. 'Welke meisjes?'

'Die meisjes van die busjes! Waar we die foto's van hebben genomen.'

Frian fronste zijn wenkbrauwen en staarde naar het beeld.

Op tv vielen de vier meisjes hun opgeluchte ouders in de armen. Onder begeleiding van gejuich en gevolgd door een horde journalisten verlieten ze de hal.

Er verscheen een geschokte blik op Frians gezicht. 'Je hebt gelijk,' fluisterde hij. 'Maar dat wil dus zeggen...'

'Dat mijn vader een kindersmokkelaar is,' vulde Audrey zachtjes aan.

ꕤ 35 ꕤ

Nathalie en Scott hoefden niet lang te wachten. Ze hadden de cheque met luid geklepper door de brievenbus gegooid en niet veel later kwam Victor op zijn fiets de steeg uit gestoven.

'Zo te zien is hij erin getrapt,' fluisterde Scott.

'Ja, maar hij heeft wel haast, dus we hebben niet veel tijd.'

Ze wachtten tot Victor uit het zicht was verdwenen voor ze opsprongen en het steegje achter de huizen in renden.

'Als we dat mens met haar hondje nou maar niet tegenkomen,' hijgde Nathalie.

'Na u,' zei Scott en hij gebaarde naar de schutting.

Nathalie hees zich plank voor plank omhoog en bleef roerloos staan.

'Wat is er?' vroeg Scott. 'Zie je iets?'

'Nee, ik probeer te bedenken hoe ik hieroverheen moet komen.'

'Gewoon je been eroverheen slaan en aan de andere kant naar beneden klimmen.'

Nathalie tilde haar rechterbeen een stukje omhoog. 'Ik haal het niet,' kreunde ze.

'Schiet nou op,' fluisterde Scott. 'Je kunt het makkelijk.'

Nathalie ging iets vooroverhangen en sloeg haar been over de bovenste plank. De schutting wiebelde vervaarlijk. 'Shit, hij houdt het niet,' vloekte Nathalie.

Op dat moment klonk er een opgewonden gekef vlakbij.

'Snel, gooi je andere been erover. Die mevrouw met dat hondje komt er aan,' siste Scott.

Nathalie zwaaide haar linkerbeen over de schutting en verloor haar evenwicht. Ze smakte aan de andere kant op de tegels en haalde haar knie open. Een seconde later landde er een rugzak naast haar en klauterde Scott lenig achter haar aan.

'Gaat het?' fluisterde hij, terwijl hij haar overeind hielp.

'Niet echt, het doet pijn.'

Het gekef kwam dichterbij en Scott drukte een vinger op zijn lippen. Een klein neusje wurmde zich onder de schutting door en snuffelde rond.

'Kom, Tarzan,' riep een hoge stem.

Het neusje snuffelde nog wat en trok zich toen terug.

Nathalie en Scott haalden opgelucht adem. Ze slopen naar de achterdeur en Scott duwde de deurkruk naar beneden.

'Op slot,' fluisterde hij.

'Daar staat een schop. Misschien kunnen we de ruit inslaan,' fluisterde Nathalie terug. Ze liep er al naartoe en wilde de schop aan Scott geven.

'Wacht even. Misschien heeft hij ergens een reservesleutel liggen.'

Ze tilden de mat op en tastten de bovenkant van de deurpost af.

Geen sleutel te bekennen.

'Sla de ruit maar gewoon in,' zei Nathalie ongeduldig. 'Dit duurt veel te lang.'

'Wacht, nog even onder deze bloempot kijken.' Scott bukte en stak triomfantelijk een sleutel omhoog. Hij duwde hem in het slot, draaide en de deur ging piepend open.

Nathalie legde een hand op Scotts schouder. 'Hij heeft toch geen hond, hè?'

Scott bleef staan. 'Misschien moeten we wat lawaai maken. Als er dan een hond aan komt rennen, gooien we de deur gewoon dicht.'

'Oké. Maar niet te veel lawaai, anders horen de buren het.'

Scott roffelde met zijn vingers op de achterdeur. 'Fikkie!' riep hij zacht. 'Kom eens hier.'

Er gebeurde niets.

'Ik denk dat het veilig is,' zei Scott.

Nathalie was nog niet overtuigd. 'Ga jij maar voor,' zei ze snel.

Ze liepen de keuken in en sloten de deur achter zich. Nathalie kneep haar neus dicht.

'Wow, wat stinkt het hier, zeg.'

Overal stonden borden met etensresten en de grond was bezaaid met gedeukte blikjes bier. Snel liepen ze door naar de huiskamer. Omdat de gordijnen nog steeds dicht waren, was het hier pikkedonker. Ze schuifelden voetje voor voetje tussen de rommel door. Scott vond uiteindelijk de deur naar de gang en wees op de keldertrap.

'Als jij beneden gaat kijken, kijk ik boven,' fluisterde hij.

'Waarom moet ik nou weer beneden kijken?' mopperde Nathalie. 'Ik haat kelders.'

Maar Scott was de trap al op geslopen en gaf geen antwoord.

Nathalie liep langzaam naar beneden en probeerde daarbij de muren zo min mogelijk aan te raken. Het plafond hing vol met spinrag en Nathalie kon de kleine pootjes bijna over haar arm voelen kriebelen.

Onder aan de trap was een deur. Nathalie legde haar oor ertegenaan en luisterde ingespannen. Er klonk wat geschuifel.

'Hallo? Is daar iemand?' riep Nathalie.

'Hallo?' kwam het antwoord vanachter de deur.

'Wie is daar?' riep Nathalie.

Het bleef even stil. Toen werd er hard op de deur gebonkt. Nathalie deinsde achteruit.

'Haal me hieruit!' klonk een gedempte stem. 'Help!'

Nathalie greep naar de deurkruk en duwde hem omlaag. De deur ging niet open. Ze moest Scott halen, die had een breekijzer in zijn rugzak. Zo snel ze kon, rende ze de trap op. En keek recht in het verbijsterde gezicht van Victor Voorn.

36

Audrey gooide het laatste besje op de open plek tussen de herfstbladeren. Ze lachte toen de dodo onhandig een rondje draaide op zoek naar meer vruchtjes. Het beest hield zijn kop schuin bij het horen van haar lach, maar rende niet weg.

'Kijk, hij is niet bang meer,' fluisterde Audrey. Ze kwam langzaam overeind vanachter de struik. 'Misschien kan ik zelfs...'

Maar de dodo liet een schelle kreet horen en maakte dat hij wegkwam.

Audrey hielp Frian omhoog en klopte het zand van haar broek. 'Nou ja, volgende keer beter. Zullen we teruggaan?'

Frian bleef roerloos staan. 'Ehm... ik denk dat we ergens anders heen gaan,' zei hij.

Audrey fronste haar wenkbrauwen. 'Hoezo? O...' Ze voelde een tinteling vanuit haar tenen omhoogkruipen en zette zich schrap.

Ze tolden een moment door de lucht, voordat ze voor een bekend keukenraam terechtkwamen. Audrey dook meteen omlaag.

Frian keek haar verbaasd aan en ze trok hem snel naast zich. 'Waar zijn we?' fluisterde hij.

'In onze achtertuin. En mijn vader staat in de keuken.'

Er klonk een luid gevloek, gevolgd door een hoge gil. Audrey kromp ineen en onderdrukte een rilling. Frian keek haar vragend aan.

'Mijn moeder,' fluisterde Audrey.

Frian ging op zijn knieën zitten en gluurde boven de vensterbank uit.

'Pas nou op,' siste Audrey. 'Als hij ons ziet...'

'Hij staat met zijn rug naar het raam,' fluisterde Frian terug. Hij wenkte dat ze omhoog kon komen.

Toen ze genoeg moed had verzameld om naar binnen te kijken, zag Audrey een veel te bekend tafereel. Met ingehouden adem keek ze toe. Haar moeder zat op haar knieën op de grond en meneer Noort torende dreigend boven haar uit. Hij schreeuwde iets naar haar wat Audrey niet goed kon verstaan en mevrouw Noort hief smekend haar armen. Meneer Noort bleef schreeuwen, terwijl mevrouw Noort heftig haar hoofd schudde.

Audrey slaakte een gilletje toen haar moeder na een flinke trap in haar maag achteroverviel.

Meneer Noort draaide zich met een ruk om en ze doken snel weg.

'Heeft hij ons gehoord?' vroeg Audrey zacht.

Frian drukte zich tegen de muur en gaf geen antwoord.

Voorzichtig kwam Audrey weer overeind en gluurde naar binnen. Mevrouw Noort lag roerloos op de grond, met haar ogen gesloten. Meneer Noort was nergens te bekennen.

'Hij is weg,' fluisterde Audrey.

Op dat moment vloog de achterdeur open. De dreigende gestalte van meneer Noort verscheen in de deuropening. Audrey greep Frians arm vast.

'Kijk eens wie we daar hebben,' zei meneer Noort, terwijl hij op hen neerkeek. 'Het verloren kind is weer thuis.'

Audrey stond op. Ze haalde diep adem en probeerde haar zenuwen in bedwang te houden. 'Ik kom mama halen,' zei ze met trillende stem.

'Dat denk ik niet,' gromde meneer Noort. 'Ik ben nog niet klaar met je moeder.'

'Laat ons gaan,' riep Audrey wanhopig. 'Je hebt het recht niet om...'

'Ik heb het recht niet om wat?' Meneer Noort stapte naar buiten en wilde haar bij haar arm grijpen. Maar op dat moment werd er luid op de voordeur gebonsd. Meneer Noort keek verschrikt achterom.

'Politie! Open de deur!'

Met een gefrustreerde vloek zette meneer Noort een stap in de richting van de poort, maar Frian versperde hem de weg. Hij had razendsnel de schop gegrepen die tegen de schuur stond en hield hem dreigend omhoog.

Meneer Noort fronste zijn wenkbrauwen en keek hem spottend aan. 'Wat wil je daarmee doen, jongen?' Hij hief zijn arm, maar hield midden in de beweging stil, toen er achter hem een klik klonk.

'Handen omhoog!'

Meneer Noort keek Frian woedend aan, maar gehoorzaamde. Hij werd tegen de grond geduwd en geboeid. Terwijl de agent hem op zijn rechten wees en uitlegde dat hij gearresteerd werd voor kindersmokkel, zette Frian de schop terug. Hij pakte Audreys hand en stilletjes verdwenen ze terug naar Nergens.

ഇ 37 ര

'Wie ben jij? Wat doe je hier?' Victor Voorn pakte Nathalie ruw bij haar arm en trok haar naar zich toe. Zijn adem stonk en Nathalie wendde haar hoofd af. Ze kreeg meteen een klap in haar gezicht. 'Geef antwoord!'

Een vlaag van woede ging door Nathalie heen en ze haalde met haar vrije hand uit. Ze raakte Victor recht in zijn gezicht. Nog voordat hij was bekomen van de schrik, schopte ze hem hard in zijn kruis. Victor klapte dubbel en hapte naar adem.

'Je hebt mijn zusje ontvoerd, klootzak!' schreeuwde Nathalie. 'Geef me de sleutel. Ik neem haar mee naar huis.'

Victors hand schoot naar haar been en met een ferme ruk trok hij haar onderuit. Haar hoofd raakte iets hards en alles werd zwart.

Toen Nathalie bijkwam, zat ze vastgebonden op een keukenstoel. Haar hoofd bonkte gemeen en ze was misselijk.

Victor stond grijnzend voor haar. 'Zo,' zei hij. 'Dus nu heb ik beide zusjes te pakken. Dan denk ik dat ik mijn plan moet aanpassen. Wat zouden je ouders voor jullie overhebben, denk je? Eén miljoen? Vijf miljoen?'

Nathalie worstelde met de touwen om haar polsen, maar ze zaten veel te strak. Ze keek Victor woedend aan. Vanuit haar ooghoeken zag ze twee gymschoenen de trap af komen. 'Je komt er nooit mee weg,' snauwde ze, hopend dat hij niet doorhad dat Scott hem besloop.

'Dat zullen we nog wel eens zien dan,' zei Victor. 'Ik zal jouw papa en mama straks wel eens bellen en vertellen wat ik wil hebben.'

De gymschoenen bereikten de onderste tree van de trap en met een oerkreet stortte Scott zich op Victor. Ze rolden over de vloer, schoppend en trekkend. Scott probeerde Victor tegen de grond te werken, maar die was veel te sterk. Hij gaf Scott een paar gemene knietjes in zijn maag en kwam overeind.

'Nog een indringer,' constateerde hij verbaasd.

'Hij is niet de enige die ik heb meegenomen,' schreeuwde Nathalie. 'Ik heb dit adres aan de politie doorgegeven. Ze kunnen hier elk moment zijn.'

Ze hoorde zelf hoe ongeloofwaardig ze klonk. Maar haar trucje werkte. Victor was afgeleid. Hij zwaaide een vinger voor haar neus.

'Hou maar op met je praatjes, ik geloof er toch niets van. En jij...' Hij draaide zich om naar Scott en kreeg meteen een vuist in zijn gezicht. Hij viel achterover en greep naar zijn neus.

Scott sprong boven op hem. Hij sloeg, stompte en schopte. Alles wat hij kon raken, moest eraan geloven. Zijn gezicht was vertrokken van woede en het zweet parelde op zijn voorhoofd. Victor stribbelde flink tegen en raakte Scott een paar keer goed in zijn gezicht. Maar uiteindelijk moest hij zijn verweer opgeven. Hijgend hing Scott over de bebloede man heen. Victor kreunde en Scott hief zijn vuist om nogmaals toe te slaan.

'Niet doen!' riep Nathalie. 'Je slaat hem nog dood.'

'Nou en? Hij heeft het verdiend.'

'Luister eens, ik vind het hartstikke goed dat je nu voor jezelf op kunt komen...'

'En jou kan beschermen,' onderbrak Scott haar.

'Hmmm. Dat je van je af kunt bijten. Maar ik wil niet dat jij in de bak belandt.'

Scott schonk haar een scheve glimlach. Zijn ene oog zat dicht en zijn voorhoofd vertoonde een lelijke schram. 'Je hebt gelijk. Ik maak je los en dan binden we hem samen vast.'

Hij haalde de touwen rond haar polsen en enkels los en samen hesen ze Victor op de stoel. Hij protesteerde en sloeg om zich heen, maar er zat weinig kracht in zijn uithalen. Voor de zekerheid gaf Scott hem nog een stomp in zijn maag. Ze bonden hem stevig aan de stoel vast en doorzochten zijn zakken. In zijn linkerbroekzak vonden ze een bos sleutels.

'Ga jij ze maar proberen,' zei Scott. 'Ik let wel op hem.'

Nathalie knikte en spurtte met twee treden tegelijk de trap af. 'Eefje!' gilde ze, terwijl ze op de kelderdeur bonkte.

Er kwam geen antwoord.

Met trillende handen probeerde Nathalie de ene sleutel na de andere. Eindelijk had ze de goede te pakken. Ze gooide de deur open en struikelde naar binnen.

Eefje zat op de grond, met haar rug tegen het bed. Nathalie was in twee stappen bij haar en pakte haar stevig vast. De tranen rolden over haar wangen.

‘Het spijt me zo,’ snikte ze na een tijdje. ‘Is alles goed met je?’

‘Ik weet niet. Ik ben zo moe.’

‘Heeft hij je iets gegeven?’

Eefje wees naar het dienblad dat naast haar op de grond stond en waar alleen nog een halve boterham op lag. ‘Er zaten allemaal witte stukjes in de jam, maar ik had zo’n honger.’

Ze gaapte en Nathalie schudde haar zachtjes door elkaar. ‘Kom op, Eefje. Wakker blijven. We gaan naar huis.’

Ze hees haar zusje overeind en samen hobbelden ze naar de deur. Eefje ging steeds zwaarder tegen Nathalie aan hangen. Alleen zou ze haar nooit boven krijgen.

‘Scott!’ riep ze.

Scotts gymschoenen verschenen boven aan de trap.

‘Kun je helpen? Ik denk dat hij haar iets heeft gegeven. Ze kan niet op haar benen blijven staan.’

Scott kwam de trap af en pakte Eefje onder haar oksels. ‘Pak jij haar benen,’ instrueerde hij.

Langzaam droegen ze haar naar boven en legden haar voorzichtig op de bank.

‘Wat heb je haar gegeven?’ gilde Nathalie tegen Victor, die stilletjes had zitten toekijken.

‘Alleen een paar slaaptabletjes.’

‘Hoeveel is een paar?’

Victor haalde zijn schouders op.

Scott liep naar hem toe en gaf hem nog een stomp in zijn maag. ‘Hoeveel, vroeg ze?’

Victor keek hem kwaad aan, maar toen Scott zijn vuist balde, gaf hij toe. ‘Zes,’ mompelde hij met gebogen hoofd.

‘Zes pillen?’ gilde Nathalie hysterisch. ‘Daar kan ze wel dood aan gaan!’

Scott knikte en haalde zijn mobiel uit zijn zak. ‘Ik bel een ambulance.’

Er werd al snel opgenomen en Scott legde de situatie uit. ‘Ze komen eraan. Het duurt ongeveer vijf minuten.’

‘Moeten we haar laten overgeven?’ vroeg Nathalie. ‘Ik heb wel eens op tv gezien dat ze dat deden.’

‘Nee, we moeten alleen tegen haar blijven praten en wachten op de ambulance.’

‘Geef me je mobiel eens, dan bel ik mijn ouders. Die zijn natuurlijk super ongerust.’ Na een minuutje gaf Nathalie de mobiel opgelucht lachend terug. ‘Ook weer geregeld.’

Nathalie knielde daarna bij haar zusje neer en pakte haar hand. Eefje opende haar ogen half en produceerde een klein glimlachje.

‘Hoe gaat het?’ vroeg Nathalie.

‘Moe.’

‘We hebben zo lang naar je gezocht. Ik was zo ongerust.’ Nathalie veegde de tranen van haar wangen. Scott klopte haar bemoedigend op haar schouder.

‘Ben jij Nathalies nieuwe vriendje?’ vroeg Eefje.

Scott schudde zijn hoofd.

‘Jij bent veel leuker dan die andere,’ voegde Eefje eraan toe.

Ze moesten allemaal lachen. Terwijl de zusjes elkaar nog eens omhelsden, hoorden ze sirenes dichterbij komen. Nathalie liep naar de voordeur en liet iedereen binnen. Toen ze de huiskamer in stapte, was Scott nergens meer te bekennen. Ze liep snel naar Eefje.

‘Waar is Scott?’ fluisterde ze.

Eefje opende één oog. ‘Hij is verdwenen.’

'Verdwenen?'

'Ja, hij liep gewoon weg. Ik vond het wel vreemd, maar voor ik de kans had om te vragen waar hij heen ging, was hij al weg.'

Nathalie stapte opzij om de ambulancebroeders erlangs te laten.

Scott weg? Hoe kon dat nou? Ze moesten zijn probleem toch ook nog… Maar natuurlijk! Scott had zich verdedigd tegenover Victor Voorn. Hij had hem geslagen en geschopt, zoals zijn broers dat al zo vaak bij hem hadden gedaan. Hij kon nu voor zichzelf opkomen en van zich af bijten. En hij had een leuk nieuw kapsel, hij droeg hippere kleding en hij gebruikte deodorant. Het kon niet anders: hij was naar huis. Samen hadden ze het voor elkaar gekregen.

De ambulancebroeders legden Eefje op een brancard.

'Komt het goed met haar?' vroeg Nathalie.

Een van de mannen knikte haar geruststellend toe.

'Mag ik mee?'

Ze liep mee naar de ambulance en stapte achterin. Door de achterruit zag ze hoe Victor geboeid naar buiten werd gebracht en in een politiewagen werd geduwd. Twee agenten spanden een geel lint bij de voordeur. De ambulance startte en reed de straat uit. Op de hoek passeerden ze een vrouw met een klein hondje, die nieuwsgierig naar binnen gluurde.

฿ 38 ₠

Vadim zat te genieten van een grote mok koffie na twaalf uur onafgebroken zwoegen in zijn laboratorium, toen hij een ingeving kreeg. Hij wist meteen dat het een goed idee was, want nog geen seconde later stonden Frian en Audrey voor zijn neus. Vadim moest lachen bij het zien van de streep mayonaise die over Frians wang liep.

'Komt het ongelegen?' grijnsde hij. Hij gaf Frian een servetje aan en die veegde dankbaar zijn wang schoon.

'We zaten net op ons gemak een frietje te eten,' zei Audrey.

Vadim keek op de klok en fronste zijn wenkbrauwen.

'Een frietje? Om tien uur 's ochtends?'

Audrey volgde zijn blik. 'In Nergens is het avond,' antwoordde ze.

Frian trok een stoel naar achteren en ging tegenover Vadim zitten. 'Maar vertel, wat brengt ons hier?'

'Heb je een nieuwe plant gevonden?' vroeg Audrey opgewonden.

‘Ik heb een plant gevonden én…’ Vadim stak een vinger in de lucht. ‘Ik weet hoe we de werkzame bestanddelen bij elkaar kunnen krijgen.’

Frian en Audrey bogen over de tafel heen om geen woord te missen.

‘Ik leg jullie uit hoe je de geneeskrachtige stof van de planten in Nergens af moet halen. Je weegt de juiste hoeveelheid af, Frian neemt het in, flitst terug hiernaartoe en neemt de extracten van mijn nieuwe plant in. In zijn bloed mengen de kruiden zich, en voilà!’

‘Oké,’ zei Frian. ‘Maar moeten die kruiden dan niet in een pil verwerkt worden? Kun je die zo innemen?’

‘Welnee, pillen worden gemaakt omdat die makkelijker in te nemen zijn. En zodat de kruiden niet bederven. Maar jij moet het medicijn rechtstreeks van een levende plant af halen en direct innemen. Ik zorg dat ik hier pillen klaar heb liggen met de andere bestanddelen. Ik kan alleen maar één pil tegelijk maken, want je moet ze zo vers mogelijk slikken, dan werken ze sneller.’

Frian keek bedenkelijk. ‘En daar word ik beter van?’

‘Ja, als je die een week lang twee keer per dag inneemt, zouden je longen zich moeten herstellen.’

‘Oké dan, laten we het maar proberen.’

Vadim nam Frian en Audrey mee naar zijn laboratorium, waar hij tot in detail uitlegde hoe ze de kruiden moesten bewerken en hoe Frian ze moest innemen.

‘Maar hoe weet je nou wanneer je een nieuwe pil moet maken? De tijd verloopt in Nergens anders dan hier.’ Audrey had weinig vertrouwen in deze methode.

‘Tja, dat zal ik moeten gokken. Maar dat komt wel goed, maak je maar geen zorgen.’

Ze hadden nog net tijd om elkaar de hand te schudden, voordat Vadim weer alleen in zijn kelder stond. Hij zette een nieuwe bak koffie en ging aan de slag.

39

'Moeten de sirenes niet aan?' vroeg Nathalie aan de ambulancebroeder tegenover haar.

De man schudde zijn hoofd. 'Het komt wel goed met je zusje. We moeten haar alleen een beetje in de gaten houden.'

'Maar ze heeft zes slaappillen gekregen!'

'Het komt zelden voor dat mensen overlijden aan een overdosis slaappillen,' legde de broeder uit. 'Ze zal lang slaperig blijven, maar dat kan geen kwaad.'

Nathalie haalde opgelucht adem.

Een paar minuten later stopte de ambulance en werd de brancard met Eefje erop het ziekenhuis in gereden.

Bij de lift hield de ambulancebroeder Nathalie tegen. 'Jij moet de gewone lift nemen. Je ouders wachten boven op je. Tweede verdieping, eerste deur rechts.'

Met trillende handen stond Nathalie in de lift. Zouden haar vader en moeder nog steeds boos zijn? In de spiegel zag ze glinsterende strepen over haar wangen lopen van de tranen. Haar ogen waren rood en gezwollen en ze wendde snel haar blik af. Met bonzend hart verliet ze de lift. De eerste deur rechts. Voor ze hem opende, zuchtte ze een paar keer diep. Met ingehouden adem stapte ze naar binnen. Haar moeders gezicht was rood van het huilen en ze leunde tegen haar vader aan. Ze keken allebei op toen de deur opengingen en Nathalie zag de uitdrukking op het gezicht van haar moeder binnen een paar seconden veranderen van verdrietig naar verbaasd naar opgelucht. Ze vloog overeind en sloeg haar armen om Nathalie heen.

'Mijn meisje,' snikte ze. 'Mijn meisje.'

Na een lange knuffel liet Nathalie haar moeder los en keek ze haar vader aan. Deze lachte breed en spreidde zijn armen. Nathalie omhelsde hem. Ze kon het amper geloven. Ze waren blij dat ze terug was!

'Meisje toch,' zei haar vader uiteindelijk en hij duwde haar van zich af, zodat hij haar kon aankijken. 'Wat waren we ongerust.'

Haar moeder aaide zacht over haar haren.

'We hoorden van de politie dat jij Eefje hebt bevrijd. Ben je daarom weggegaan? Om haar te zoeken?'

'Ik was...' Nathalies stem haperde. 'Ik was in...' De woorden klonken helder in haar hoofd, maar kwamen niet over haar lippen. Verder dan 'ik was in' kwam ze niet. 'Ja, ik moest haar vinden,' gaf ze na nog een paar vruchteloze pogingen toe. Ze zou later nog wel uitleggen hoe het allemaal was gegaan.

Haar moeder trok haar nog eens dicht tegen zich aan. 'We zijn zo trots op je. En zo blij dat je weer thuis bent.'

'Het was mijn schuld dat ze wegliep en werd ontvoerd,' mompelde Nathalie. 'Ik moest haar wel terughalen.'

'Ach, meisje toch,' zuchtte haar vader. 'Het was ook onze schuld. Wij hadden beter op jou moeten letten.'

Nathalie schudde haar hoofd. 'Nee, het was mijn schuld. Maar ik kan voorlopig geen alcohol meer zien en ik wil niets meer met Mike en zijn vrienden te maken hebben.'

Nathalies moeder drukte een kus op haar voorhoofd. 'Dat is fijn.'

'Kunnen we nu bij Eefje gaan kijken?'

'Graag.'

☙ 40 ❧

‘Hier staan ze, Frian.’ Audrey knielde neer bij een groepje rode bloemen. ‘Heb je de weegschaal en het water meegenomen?’

Frian overhandigde haar de spullen. Hij haalde een houten spatel uit zijn zak en knielde naast Audrey in het gras. ‘Oké, er zouden kleine witte korreltjes op de blaadjes moeten zitten. Volgens Vadim bevat één plant genoeg korreltjes voor één keer. Ik schraap ze eraf en doe ze in het bakje. Dan moet jij de weegschaal maar vasthouden en roepen als we genoeg hebben.’

‘En dan lepel jij alles naar binnen en spoelt het weg met water.’

‘Precies. Ben je er klaar voor?’

‘Yep.’

Frian duwde een gekarteld blaadje naar beneden om het beter te bekijken. ‘Ik zie geen witte… AU!’ Een stuk of vijf vlijmscherpe, dunne stekels schoten uit het blad omhoog en doorkliefden Frians hand.

Schreeuwend trok hij zijn arm terug en viel achterover.

Audrey liet de spullen vallen en boog zich over hem heen. 'Wat gebeurt er? Doet het pijn? Laat zien.' Ze trok Frians andere hand weg, zodat ze de wond kon bekijken. De stekels waren dwars door zijn hand heen gegaan. Er zaten vijf kleine gaatjes in en er druppelde bloed en wit vocht uit.

'Wat is dat witte?' vroeg Audrey. Ze bracht zijn hand dichter naar haar gezicht, zodat ze het beter kon zien. 'Misschien moeten we het eruit zuigen. Het kan wel giftig zijn.'

Frians hand voelde opeens zwaarder aan. Audrey keek op en zag zijn ogen wegdraaien.

'Maak je geen zorgen, Frian. Ik zuig het gif er wel uit.' Ze bracht zijn hand naar haar mond, maar het leek wel alsof er iemand aan zijn arm trok. Verbaasd keek ze naar beneden en ze gilde toen ze achter Frian aan in een gat viel.

Frian landde zacht op de bank in Vadims huiskamer en Audrey stond al snel naast hem. 'Vadim! Kom snel! Er is iets fout gegaan!'

De Rus kwam uit de kelder de trap op gestampt en bekeek Frians wond. 'Ik zie dat jullie de plant hebben gevonden.'

'Er kwamen allemaal stekels uit en… en gif!' riep Audrey.

Vadim legde een hand op haar schouder. 'Het is goed, meisje. Dat was de bedoeling. De gifstoffen zullen zijn longen beter maken. En hier heb ik de eerste pil met de andere stoffen.'

Hij opende zijn hand, waarin een kleine gele pil lag.

'Pak even wat water uit de keuken. We moeten hem dit zo snel mogelijk geven, anders werkt het niet.'

Audrey keek hem verward aan, maar deed wat hij vroeg. Toen ze terugkwam, zat Frian half overeind. Vadim pakte het glas van haar aan en duwde een pil in Frians mond. Frian slikte moeilijk. Na enig aandringen dronk hij het glas water leeg.

Audrey ging naast hem zitten en hij leunde zwaar tegen haar aan. 'Komt het goed met hem?'

'Jazeker. Zijn lichaam heeft wat tijd nodig om de stoffen te verwerken, maar dan is hij weer net zo fit als vroeger. Wodka?'

'Nee, dank je.' Audrey keek toe hoe hij een glas volschonk.

'Wist jij dat die plant hem zou vergiftigen?' vroeg ze uiteindelijk.

'Dat wist ik, ja. Ik was bang dat hij het niet zou durven als ik hem vertelde hoe hij het moest doen. Het is niet zo prettig om door een giftige plant gestoken te worden.'

Audrey snoof. 'Gestoken? Doorboord, zul je bedoelen.'

Vadim stond op en verdween naar de badkamer. Even later kwam hij terug met een rol verband.

'Je kunt hem beter verbinden. Dan kan het gif er niet uit lopen. Vanavond moet hij zijn andere hand gebruiken. Morgen is deze wond verdwenen.'

'Dus hij moet zich twee keer per dag door zo'n plant laten steken?' vroeg Audrey verontwaardigd.

'Ja, er zit niets anders op.'

Frian mompelde iets en Audrey bracht haar oor tot vlak bij zijn mond.

'Wat?'

'Het is goed. Ik wil beter worden.'

'Ja, ik wil ook dat je beter wordt, maar ik weet niet of dit wel zo'n goed plan is.' Ze keek Vadim aan. 'Wat doet dat gif eigenlijk?'

'Het zorgt ervoor dat zijn longen herstellen. En dat zijn hart stopt met pompen.'

'Wat?!'

Ze sprong op, waardoor Frian als een lappenpop omviel en in een rare houding op de bank bleef liggen. Audrey hees hem overeind en duwde een paar kussens in zijn zij. Ze liep naar Vadim toe en sloeg haar armen over elkaar.

'Wát zei je nou?' vroeg ze, terwijl ze probeerde haar stem rustig te laten klinken.

'Niets aan de hand,' beweerde Vadim. 'In de pil zitten stoffen die ervoor zorgen dat zijn hart blijft slaan.' Hij gebaarde naar Frian. 'Hij leeft toch?'

'Het is te hopen voor jou dat hij blijft leven, Vadim. Anders ben je nog niet jarig.'

'Tuurlijk blijft hij leven. Vadim is goed in zijn werk. De bijwerkingen van het gif zorgen ervoor dat zijn longen zich herstellen. Jullie gaan zo terug naar Nergens en komen vanavond weer hierheen.' Hij nam nog een slok uit zijn glas en keek haar triomfantelijk aan.

'Wanneer gaan we terug naar Nergens dan?' vroeg Audrey.

'Als de stoffen uit de pil zich hebben vermengd met het gif van de plant.'

'En wanneer is dat?' vroeg Audrey ongeduldig.

'Nu,' grijnsde Vadim en Audrey zag nog net hoe hij de laatste slok wodka achteroversloeg.

꧁ 41 ꧂

Nathalie schermde haar gezicht af en wurmde zich tussen de journalisten door het schoolplein op. Sinds de pers op de hoogte was van haar reddingsactie, had ze geen seconde rust gehad. Ze werd overspoeld door uitnodigingen voor nieuwsuitzendingen, talkshows en praatgroepen voor slachtoffers van ontvoering. Maar Nathalie wilde niets liever dan rustig verdergaan met haar leven. Eefje was weer veilig thuis, Victor Voorn zat achter de tralies in afwachting van zijn proces en Mike bleef godzijdank op afstand. Bovendien kon ze niemand de waarheid vertellen. Ze had het al vaak geprobeerd de afgelopen dagen, maar telkens als ze over Nergens wilde beginnen, kwam er geen geluid meer uit haar keel. Ze leek wel een stotterende gek. De hoofdcommissaris wijdde het nog steeds aan shock. Na zo'n traumatische ervaring was dat normaal. Nathalie liet het hier maar bij. Ze merkte dat mensen niet lang aandrongen als ze deed alsof ze zich niets kon herinneren.

Victor Voorn sprak tijdens de ondervragingen meerdere keren over een jongen die hem had gestompt en geslagen en daarna zomaar was weggelopen. Maar zowel Nathalie als Eefje ontkende dat er iemand anders bij was geweest. Nathalie had zichzelf verdedigd toen Victor haar aanviel, en hem daarbij verwond.

'Nathalie!' Een lange jongen met blond, krullend haar kwam haar op het schoolplein tegemoet. Ze herkende hem meteen: Tom, de Spare Rib Express-jongen. Hij zag er verrassend goed uit, met een donkere spijkerbroek en een hip T-shirt erboven. Stukken beter dan dat stomme Spare Rib Express-shirt. Hij was zowaar aantrekkelijk te noemen.

'De directeur wil je direct spreken.'

'Mij? Waarom?'

'Ehm… dat mag ik nog niet zeggen. Het is een verrassing.'

'O.'

Nieuwsgierig volgde ze Tom naar het kantoor van de directeur. De secretaresse glimlachte naar haar.

'Dag, Nathalie. Meneer Lodewijks wacht al op je. Loop maar door.'

Nathalie klopte op de deur en stapte onzeker naar binnen. Ze schrok toen ze de hoofdcommissaris zag zitten.

'Nathalie! Wat fijn dat je er bent,' zei de directeur. 'Ga zitten, we hebben leuk nieuws voor je.'

'O?'

Nathalie nam plaats naast de commissaris en wachtte gespannen af.

'Gisteren is de woning van Victor Voorn doorzocht,' vervolgde de directeur, 'en er zijn interessante dingen gevonden.'

'Foto's,' vulde de hoofdcommissaris aan. 'Foto's van jonge meisjes. Meisjes zoals Eefje.'

'O?'

Nathalie vroeg zich af wat zij daarmee te maken had. Victor Voorn was opgepakt, het maakte dus niet meer uit of er foto's van jonge meisjes waren.

'Door de foto's en wat andere dingen die we hebben gevonden, zijn we ervan overtuigd dat meneer Voorn van plan was nog veel meer meisjes te ontvoeren.'

'En dankzij jou kan hij dat nu niet meer,' ging de directeur verder.

'We hebben de ouders van de betreffende meisjes ingelicht,' vertelde de commissaris. 'De meisjes staan onder constante bewaking.'

'Maar Victor zit toch in de gevangenis?' vroeg Nathalie.

'Jazeker,' antwoordde de commissaris. 'Maar we willen geen enkel risico lopen. Misschien heeft hij zijn informatie doorgespeeld aan een ander.'

'En wat heb ik hiermee te maken?'

De directeur leunde over zijn bureau en glimlachte. 'Jij, Nathalie, hebt meneer Voorns plannen laten mislukken.'

'En daarvoor willen de ouders van de meisjes je bedanken,' zei de commissaris.

Nathalie keek verward van de een naar de ander. 'Bedanken?'

'Ze willen je wat geven,' zei de commissaris.

'En de burgemeester ook,' vulde de directeur aan. 'En daarom hebben we ze allemaal uitgenodigd om in de aula bij elkaar te komen. Alle leerlingen en de pers zullen ook aanwezig zijn.'

Nathalies hart begon hevig te bonzen. Ze had zo haar best gedaan om onder alle aandacht uit te komen. En nu werd ze voor een volle aula in het zonnetje gezet door mensen die ze nog nooit had ontmoet.

'Het is een hele eer om door de burgemeester te worden bezocht,' zei de directeur.

Nathalie knikte gelaten.

De hoofdcommissaris stond op en klopte haar op de schouder. 'Je hebt het verdiend, Nathalie. Er zijn niet veel mensen die na kunnen doen wat jij hebt gedaan.'

De directeur kwam overeind en hield de deur open. 'Je kunt je nog even opknappen. Over tien minuten word je in de aula verwacht. Tom zal je erheen brengen.'

Verbijsterd stapte Nathalie het kantoor uit en volgde Tom naar de toiletten.

'Ik wacht hier wel,' zei hij en hij bleef als een soort bodyguard naast de deur staan.

Nathalie fatsoeneerde haar haren en bekeek zichzelf kritisch in de spiegel. Fijn, nu zou ze in haar dagelijkse kloffie op tv verschijnen. Zuchtend deed ze een greep in haar rugzak. Een beetje extra make-up kon geen kwaad.

Ze stopte haar mascara terug in haar tas op het moment dat er op de deur werd geklopt.

'Nathalie?' klonk Toms stem. 'Ben je klaar? We moeten gaan.'

Nathalie zwaaide de rugzak over haar schouder en stapte de gang op. Ondanks het feit dat ze omringd was door bewonderaars en vrienden, wenste ze dat Scott bij haar was. Hij was misschien nog steeds een nerd, maar ze hadden samen een hoop meegemaakt. Bovendien had hij net zo veel recht op deze 'beloning' als zij. Maar dat kon ze niet vertellen zonder uit te moeten leggen waar hij was gebleven.

'Laat je rugzak maar hier. Ben je zover?' vroeg Tom.

'Het moet maar,' mompelde Nathalie.

'Kom op. Iedereen bewondert je. Je bent heel moedig geweest.'

Nathalie bloosde. Die Tom was eigenlijk zo stom nog niet. Iemand riep haar naam en Tom gaf haar een zacht duwtje. Op het podium stond de directeur naast de burgemeester. Nathalie gaf beide mannen een hand en werd bijna verblind door het geflits van alle camera's.

'Beste Nathalie,' begon de burgemeester. 'Namens heel Den Haag wil ik je bedanken voor je moed en daadkracht.' Hij hield een blinkende medaille omhoog en hing hem onder luid applaus om haar nek.

Nathalie voelde alle twijfel van zich af glijden bij het zien van alle bewonderende blikken. Eigenlijk was het best leuk om zo veel aandacht te krijgen. Waarom had ze zich verstopt voor alle camera's? De tijd met Scott had haar veranderd in een braaf schoolmeisje. Dat moest maar eens afgelopen zijn. Ze gooide met een geroutineerd gebaar haar haren naar achteren en lachte naar de pers.

'Dank u wel,' zei ze tegen de burgemeester. 'Maar het was niet nodig, hoor. Ik ben blij dat mijn zusje weer veilig thuis is.'

Oorverdovend applaus. Nathalie grijnsde.

'De ouders van de andere meisjes willen je graag iets geven,' zei de burgemeester. Hij wenkte een vrouw naar voren. De vrouw pakte een meisje van Eefjes leeftijd bij de hand en beklom het trapje naar het podium.

'Beste Nathalie,' begon ze met verstikte stem. 'Dankzij jou zijn onze dochters...' ze gebaarde naar de voorste rij stoelen, waar nog drie andere meisjes naast hun ouders zwijgend toekeken '...gewoon thuis.'

Nathalie slikte een traan weg. Wie weet waar deze meisjes nu zouden zijn als zij en Scott niet achter Eefje aan waren gegaan.

'Daarom willen we je namens ons allemaal een cheque geven,' vervolgde de vrouw.

Een cheque? Nathalie pakte de envelop aan en schudde haar hoofd. 'Maar dat hoeft toch niet!' riep ze uit.

Wat deed ze nu weer? Ging ze echt een cheque weigeren? Wie weet hoeveel geld hij waard was. Hoeveel leuke dingen kon ze daarmee doen?

Maar haar stem had andere plannen. 'Dat kan ik echt niet aannemen,' klonk het vastberaden. 'Ik heb het voor mijn zusje gedaan. Ik wist niets van die andere meisjes.' Verdorie! Ze wilde het geld wél hebben! Waarom zei ze zulke dingen? Het leek wel of die brave Scott in haar hoofd was gekropen.

'Dat maakt niet uit. Door jouw moedige optreden zijn onze kinderen veilig. Neem hem alsjeblieft aan, je hebt het verdiend. Doe er iets leuks mee.'

'Ik...' Een idee vormde zich langzaam in haar hoofd. 'Oké dan. Bedankt.'

Ze gaf de vrouw een hand, er werden talloze foto's gemaakt en nadat ze het meisje een knuffel had gegeven, kondigde de directeur aan dat er hapjes uitgedeeld zouden worden en dat de leerlingen de rest van de dag vrij waren. Overal klonken vreugdekreten en sprongen leerlingen op.

Nathalie maakte van de drukte gebruik om onopvallend achter het podium te verdwijnen.

Tom stond op haar te wachten. 'Hoeveel heb je gekregen?' vroeg hij nieuwsgierig.

'Dat gaat je niks aan.'

'Oké, sorry.' Hij draaide zich om en liep weg, maar Nathalie riep hem terug.

'Het is genoeg voor een avondje naar de bios. Heb je zin om mee te gaan?'

Er verscheen een brede grijns op Toms gezicht en hij bloosde heel schattig. 'Oké.'

'Mooi. Ik bel je nog.'

'Oké, dat is goed.' Tom stak zijn hand op en liep naar de directeur, die verderop met de burgemeester stond te praten.

Nathalie opende de envelop en bekeek de cheque. Wauw! Dat was een aardig bedrag. Daar zou een goed doel wel blij mee zijn, al wist ze nog niet welk. Daar moest ze nog eens goed over nadenken. Of misschien… Ze kon het wel aan Scott vragen. Het was tenslotte ook zijn beloning, al was zij de enige hier die dat wist. Hij zou er vast wel raad mee weten.

꧁ 42 ꧂

Frian staarde moedeloos naar de gekartelde blaadjes van het plantje voor hem.

'Doe het nou maar snel, dan ben je ervanaf,' moedigde Audrey hem aan.

'Jij hebt makkelijk praten,' mopperde Frian. 'Jij hoeft je niet twee keer per dag te laten spietsen.'

Audrey pakte zijn hand en kneep er zachtjes in. 'Kop op, dit is de laatste keer. Daarna ben je ervan verlost en dan kunnen we naar huis.'

'Ja, dat weet ik wel, maar het doet elke keer meer pijn.'

Audrey fronste haar wenkbrauwen. 'Daar heb je nooit iets over gezegd.'

'Ik vond dat je je al genoeg zorgen maakte.'

'Dat is lief van je,' fluisterde Audrey, terwijl ze zijn hand pakte en hem tegen een van de blaadjes duwde. Haar eigen hand trok ze snel terug.

Het plantje sloeg zijn stekels uit en Frian slaakte een kreet. Audrey ving hem op en een seconde later zaten ze op Vadims bank in Rusland.

'Vadim!' riep Audrey. 'We zijn er weer!' Ze wachtte tot ze zijn gehaaste voetstappen naar boven hoorde komen, maar er gebeurde niets.

'Ik ga even beneden kijken,' fluisterde ze in Frians oor, nadat ze zich onder hem uit had gewurmd.

Frian kreunde als antwoord en Audrey haastte zich de trap af naar het laboratorium.

Beneden was het een nog grotere bende dan anders. Audrey struikelde bijna over een kapotgetrapte bloempot, die tussen de rotzooi op de grond lag. Vadim was nergens te bekennen. Ze rende met twee treden tegelijk terug naar boven en doorzocht het hele huis. Geen Vadim.

'Waar is-ie?' riep ze uit. 'We moeten die pil hebben.'

Ze doorzocht nogmaals het hele huis, rende van kamer naar kamer, maar vond niemand. Toen ze terugkwam in de huiskamer, lag Frian er erg stil en bleek bij. Wat moest ze doen? Zijn hart zou stoppen met slaan als ze Vadim niet snel vond.

Er klonk gemorrel aan de achterdeur en Audrey stoof er meteen op af.

In de deuropening stond Vadim, een blik en veger in de hand en zijn broek onder de modder. Hij keek haar geschrokken aan. 'Audrey! Wat doe jij hier?'

'De pil! Waar is de pil? Frian heeft hem nu nodig!'

'Ik heb hem nog niet gemaakt.'

'Wat? Waarom niet?'

'Audrey, jullie zijn nog geen tien minuten weg geweest.'

Audrey vloekte. Waarom ging er nou nooit eens iets volgens plan? Ze keek de Rus doordringend aan. 'Je moet die pil nú maken, Vadim. Anders gaat Frian...'

'Oké, oké, het komt wel goed.'

Ze volgde hem naar de kelder, waar hij een moment peinzend om zich heen keek.

'Schiet nou op!' drong Audrey aan.

'Ik moet even denken. De kat van de buren is naar binnen geglipt en heeft alles omvergegooid. Dat beest is zo agressief, ik snap niet dat ze hem houden.'

'Wat maakt dat uit? Laat die rotzooi liggen! Maak nou eerst die pil maar!'

'Dat wil ik wel, maar ik weet niet waar de planten zijn die ik nodig heb. Alles ligt door elkaar.'

De tranen brandden achter Audreys ogen. Ze wilde het liefst gillen van frustratie en angst, maar ze kon zich nu niet laten gaan. Ze moest zich concentreren.

'Oké, hoe zien die planten eruit? Dan help ik je zoeken.'

'Vadimblad is een klein lichtgroen plantje met grote ovale bladeren. De rest zoek ik wel.'

Ze knielden allebei op de grond en duwden alles opzij wat niet leek op wat ze nodig hadden. Al snel zaten ook Audreys handen en kleren onder de modder. Maar ze wroette onverstoorbaar verder tussen de rommel. En toen vond ze eindelijk een lichtgroen, platgedrukt steeltje met één zielig blaadje eraan.

'Is dit het?' gilde ze.

Vadim keek even op en knikte. 'Zet mijn reageerbuizen en brander klaar op het bureau en vul een groot glas met water,' instrueerde hij haar, terwijl hij zich door de berg op de grond worstelde.

Audrey aarzelde geen moment en racete de trap op en naar de keuken. Ze wierp in het voorbijgaan een snelle blik op Frian en omdat hij bleker zag dan ooit, legde ze een vinger op zijn pols. Zijn hartslag was nauwelijks voelbaar en veel te langzaam. Ze moesten zich haasten.

'Audrey? Ik heb het water nodig!' klonk Vadims stem van beneden.

'Ik kom eraan!'

Binnen een paar seconden stond ze naast de Rus en keek gespannen toe hoe hij blaadjes plukte en fijnmaalde, het goedje vermengde met wat water en het geheel even boven de brander hield.

'Er is geen tijd meer om het tot een pil te verwerken. Het moet maar zo,' zei Vadim, terwijl hij met een staafje in de reageerbuis roerde.

'Kan dat geen kwaad dan?' vroeg Audrey, terwijl ze hem de trap op volgde.

'Nee, we moeten alleen goed opletten dat hij alles binnenkrijgt. Daarvoor hebben we ook dat grote glas water nodig.'

Hij knielde naast Frian neer. 'Houd zijn mond eens open.'

Vadim goot het goedje in Frians mond en kneep toen zijn neus dicht. Frian slikte moeizaam en hoestte. Vadim hield zijn hand voor Frians mond, zodat het medicijn niet alle kanten op spetterde. 'Geef me een lepel, snel!'

Audrey haalde een lepel uit de keuken en gaf hem aan de Rus. Hij schraapte de spetters van zijn hand en duwde de lepel tussen Frians lippen. Vervolgens deed hij wat water in het reageerbuisje en schudde voorzichtig. Ook dit goot hij bij Frian naar binnen, met de rest van het water erachteraan. Toen stapte hij achteruit en liet zich in de dichtstbijzijnde stoel vallen.

'Werkt het? Waren we op tijd?' vroeg Audrey angstig.

'Ik weet het niet,' zuchtte Vadim.

Audrey knielde naast de bank en legde een hand op Frians voorhoofd. 'Laat dit alsjeblieft werken,' fluisterde ze.

Frian voelde ijskoud aan en Audrey hoopte vurig dat het niet te laat was. Roerloos bleef ze naast hem zitten en hield zijn ademhaling nauwlettend in de gaten.

Na een paar eindeloze minuten opende hij zijn ogen en glimlachte zwakjes naar haar.

‘Hij is wakker!’ gilde Audrey.

Vadim kwam naast haar staan en keek tevreden op Frian neer. ‘Dat is mooi. Nu komt alles goed.’

Audrey viel hem opgelucht in de armen. Toen schoot haar iets te binnen. ‘Hé, dit is de laatste pil, toch? Is hij dan nu genezen?’

Vadim glimlachte. ‘Daar komen jullie snel genoeg achter. Als het heeft gewerkt, zul je vanzelf teruggaan naar huis.’

ഇ 43 ര

Eenmaal thuis zocht Nathalie meteen Scotts gegevens op en wachtte tot haar computer was opgestart. Ze kon hem via Skype bereiken, had hij gezegd. Wat wel leuk was, want dan konden ze elkaar behalve horen, ook zien. Nu maar hopen dat hij thuis was.

Er werd al snel opgenomen en een ongeïnteresseerd, bol gezicht met kort stekelhaar keek nors in de camera. 'Ja? Wie is daar?'

Nathalie schraapte haar keel en streek met een gewoontegebaar haar haren glad. 'Nathalie Lammers. Is Scott thuis?'

De jongen staarde met grote, verbaasde ogen naar het scherm en draaide zich toen om. 'Hé, Nerdie! 't Is voor jou.'

Hij stapte opzij en Nathalie kon de kamer in kijken. Drie breedgeschouderde jongens hingen op een bank en een aantal stoelen, en keken tv. Het geluid stond zo hard dat Nathalie bijna kon verstaan wat er gezegd werd. De jongen die had opgenomen, sleepte een iel ventje met zwarte stekeltjes aan zijn kraag overeind.

‘Wat moet jij met zo’n lekker wijfie?’ schampte hij.

Het iele ventje trok zich los en gaf zijn grote broer een duw, zodat die op de bank viel. ‘Rot op, Ricky. Dat gaat jou niks aan.’

Er ging een schok van herkenning door Nathalie heen. Dat ventje, dat was Scott! En hij kwam voor zichzelf op! Ze grijnsde naar hem toen hij dichterbij kwam. ‘Hé, Scott! Hoe gaat het?’

Scott grijnsde terug. ‘Goed, hoor.’

‘Ik zie het.’

‘Hé, Nerdie! Hang ’s op, je lult door ons programma heen.’

Scotts gezicht betrok. ‘Momentje, Nathalie,’ mompelde hij en ze zag hem achteruitstappen.

Ricky hing onderuit op de bank. De as van de sigaret in zijn mond liet grijze plekken achter op zijn broek. Hij en de andere jongens lachten en dronken bier, terwijl de tv stond te brullen.

Scott pakte de afstandsbediening van de tafel en zette het geluid zachter. ‘Zo, nu kan ik tenminste normaal bellen,’ zei hij met een blik op Ricky.

De bullebak schoot meteen overeind. Hij ging voor Scott staan en hief dreigend zijn vuist. ‘Zet die tv harder, of anders...’ gromde hij.

Scott verroerde geen vin. De jongen wees naar de afstandsbediening. Scott schudde zijn hoofd. De vuist schoot naar voren. Scott dook behendig opzij en gaf zijn broer een knietje. De spierbundel klapte dubbel en schreeuwde iets naar de andere twee, maar die bleven rustig toe zitten kijken. Dat leek Scott moed te geven. Hij pakte zijn plaaggeest bij de kraag en bracht zijn gezicht naar het zijne. ‘Ik ben het zat,’ schreeuwde hij. ‘Je kunt mij niet commanderen. Alles hier...’ hij wees om zich heen, ‘...is net zo goed van mij als van jullie.’

Hij liet zijn broer los en liep kalmpjes terug naar de computer. ‘Zo, waar waren we,' zei hij met een gezicht alsof er niets was gebeurd.

Nathalie wist niet wat ze moest zeggen. 'Scott!' bracht ze uiteindelijk uit. 'Dat was geweldig! O, pas op, achter je!'

Ricky was opgestaan en stond op het punt vol uit te halen naar Scott. Maar Scott sprong op, waardoor Ricky in het luchtledige sloeg. Hij schampte langs het computerscherm, zodat de webcam wegdraaide en Nathalie de jongens even niet meer kon zien. Een paar seconden lang zag ze alleen een muur, die geel was uitgeslagen door de sigarettenrook. Toen liep Scott achteruit het beeld in met Ricky vlak achter zich aan, tot hij met zijn rug tegen de muur stond en niet verder kon. Hoewel het leek alsof Scott in het nauw gedreven was, keek hij zijn broer uitdagend aan.

Vol spanning keek Nathalie toe hoe Ricky opnieuw zijn vuist hief. Net voordat hij uithaalde, verscheen er een klein glimlachje op Scotts gezicht. Ricky stootte zijn vuist met kracht naar voren, richting Scotts neus. Maar opnieuw dook Scott net op tijd weg. De vuist klapte met een misselijkmakend gekraak tegen de muur. Terwijl zijn broer rondsprong met een van pijn vertrokken gezicht, keek Scott de anderen een voor een dreigend aan.

Nathalie hield haar adem in. Nu zou Scott de volle laag krijgen. Maar de jongens stonden op, sloegen hem vriendschappelijk op de schouder en verdwenen naar boven. Ook Ricky droop af, een verbijsterde uitdrukking op zijn gezicht en zijn vuist in zijn andere hand geklemd.

Nathalie zag hoe Scott opkrabbelde en opgelucht zijn adem uitblies. Hij schoof de stoel aan, zette alles weer recht en keek vrolijk in de camera. 'Zo, dat is opgelost. Nu kunnen we eindelijk rustig praten.'

'Scott, moet je je broer niet even gaan helpen?' vroeg Nathalie, die nog moeilijk kon geloven wat ze net had gezien. 'Hij heeft misschien wel iets gebroken.'

Scott haalde zijn schouders op. 'Dat zou niet de eerste keer zijn. Het is zijn eigen stomme schuld. Hij denkt dat hij alles kan oplossen door erop los te slaan.'

'Maar...'

'Maak je geen zorgen over hem. Mijn moeder is in de keuken, die gaat wel even met hem naar de spoedeisende hulp als dat nodig is. Vertel nou eerst eens hoe het daar allemaal gaat.'

'Ik vind het wel heel goed van je, Scott. Dat je je niet klein liet krijgen door hem.'

'Tja, ik heb het van de beste geleerd, hè?' lachte Scott. 'En nog wel zonder terug te slaan.'

'Tuurlijk, met meppen schiet je niets op. Hopelijk heeft Ricky dat nu ook eindelijk begrepen.'

'Dat denk ik wel!'

฿ 44 ₠

Audrey landde behendig op het zachte tapijt op de overloop. Eindelijk was ze weer thuis. Het voelde vreemd om hier te zijn nu haar vader in de gevangenis zat. Ze hoefde niet meer te sluipen. Ze hoefde geen krakende treden over te slaan op de trap. Ze hoefde niet... Een zachte plof naast haar deed haar opschrikken. Frian zat op zijn kont op het tapijt en glimlachte naar haar.

'Frian?' fluisterde Audrey verbaasd. 'Wat doe jij hier?' Ze trok hem overeind en omhelsde hem.

'Ik heb in het verzorgingshuis niets meer te zoeken, naar mijn ouders wil ik niet terug, dus ik denk dat ik daarom vanzelf achter jou aan ging.'

'En nu?'

'Ik ga zo snel mogelijk een baan zoeken en een eigen flatje.'

'Hier in de buurt?' vroeg Audrey hoopvol.

Frian gaf haar een kus op haar voorhoofd. 'Natuurlijk,' fluisterde hij.

Even hielden ze elkaar stevig vast. Toen hoorden ze twee stemmen de gang in drijven. Twee stemmen die Audrey erg bekend voorkwamen.

Frian duwde haar zachtjes van zich af. 'Ga maar, ik wacht hier wel even.'

Hoewel het niet meer nodig was, liep Audrey gewoontegetrouw op haar tenen naar haar slaapkamer.

'Denk je dat ze het mooi zal vinden?' klonk haar moeders stem.

'Mooi zal vinden?' riep Sanne uit. 'Ze vindt het fantastisch!'

In de deuropening bleef Audrey een ogenblik beduusd staan kijken. Dit leek helemaal niet op haar kamer! Ze kende haar eigen spullen amper terug. Haar bureaublad was wit geschilderd en de laatjes zwart. De gammele bureaustoel was vervangen door een nieuwe. Op de wand achter het bed waren twee zwarte blokken geschilderd. In ieder blok hing een zwart-witfoto van een bloem. Zwart-wit geruite gordijnen sierden het raam en hetzelfde motief kwam terug in de sprei op het bed. Een wit wollig kleedje achter het voeteneind maakte het helemaal af. Dit was precies wat ze altijd al had gewild, maar natuurlijk nooit had gekregen van haar vader.

'Wauw,' verzuchtte ze.

Twee verschrikte gezichten draaiden zich naar haar om. Twee monden vielen open. 'Audrey?' vroeg haar moeder voorzichtig. 'Ben jij het echt?'

Een traan drupte uit haar ooghoek op de grond en Audrey was in één stap bij haar. Ze pakte haar moeder vast en drukte haar stevig tegen zich aan. 'Ik ben het echt, mam.'

Toen ze elkaar eindelijk loslieten, stond Sanne nog steeds roerloos met grote ogen toe te kijken. Langzaam gleed het ongeloof van haar gezicht en maakte plaats voor een brede lach. Ze vielen elkaar in de armen en lachten uitgelaten. 'O, wat ben ik blij dat je terug bent. We waren zo ongerust!' riep Sanne.

'Ik weet het. Maar ik kon niet eerder terugkomen.'

Mevrouw Noort aaide over Audreys haren. 'Ik kan het nog niet geloven,' fluisterde ze.

Audrey pakte haar vast en gaf haar nog een knuffel. 'Geloof het maar wel. Ik ben weer thuis en ga voorlopig niet meer weg.'

Mevrouw Noort slaakte een zucht die duidelijk vanuit haar tenen kwam. 'Wat vind je van je nieuwe kamer?'

'Hij is prachtig. Precies wat ik wilde!'

'Ik zei het toch?' zei Sanne.

'Ik wilde dat je thuis zou komen in een nieuw huis. Een veilig en mooi huis. Ik heb jouw kamer als eerste gedaan,' vertelde mevrouw Noort.

'En nu kunnen we de rest samen doen,' zei Audrey. 'Een nieuw begin. Goed idee, mam.'

Er klonk gekraak op de overloop en ze keken alle drie verschrikt om.

'Wat was dat?' vroeg mevrouw Noort met een bang gezicht.

'O ja, dat vergat ik nog te zeggen.' Audrey liep naar de deur en wenkte Frian. 'Ik wil jullie aan iemand voorstellen.'

Frian stapte naar voren en stak zijn hand op. 'Hallo,' zei hij vrolijk.

'Dit is Frian, een goede vriend. Hij heeft me geholpen om weer thuis te komen.'

Ze schudden elkaar de hand. Sanne bekeek hem van top tot teen. 'Een goede vriend, hè?'

Frian trok Audrey tegen zich aan.

'Nou ja, wel iets meer dan een goede vriend,' bekende Audrey blozend.

Ze keek haar vriendin aan, die veelbetekenend naar haar knipoogde. 'Volgens mij heb jij ons heel wat te vertellen,' grijnsde Sanne.

Audrey grijnsde schuldbewust terug.

'Ik ga een kopje thee zetten,' zei mevrouw Noort. 'Dan kunnen we rustig bijkletsen.'

Ze volgden haar de trap af. Audrey kon alleen nog maar glimlachen. Nu was alles goed. Ze was thuis, Frian was bij haar en haar vader kwam voorlopig niet vrij. Gelukkiger dan dit kon ze niet worden.

ꟹ 45 ꟹ

Drie maanden later

Nathalie pakte een dropje uit de schaal op tafel, strekte haar benen en sloot haar ogen. 'O, wat heerlijk die zon. Van mij mag het zomer worden.'

Scott rilde. 'Zo warm vind ik het nog niet.'

'Nou,' zei Frian. 'Beter dan die kou van de laatste tijd.'

'Denk je dat we ooit nog terug zullen gaan naar Nergens?' vroeg Nathalie, voordat ze het volgende dropje verorberde.

Ze keken elkaar om beurten aan, maar niemand wist het antwoord.

'Eigenlijk moeten we hopen van niet,' zei Frian uiteindelijk. 'Want dat zou betekenen dat we in de problemen zitten.'

'Gaat het met jou nu goed?' vroeg Scott.

'Ja, het gaat prima. Ik heb gelukkig nergens meer last van.'

'Ben je helemaal beter?'

'Ja, Vadim heeft echt wonderpillen gemaakt. Vorige maand heb ik een uitgebreid lichamelijk onderzoek laten doen en alles was in orde.'

'Hebben jullie eigenlijk nog contact gehad met die Vadim?' vroeg Nathalie.

'Ja,' antwoordde Audrey. 'Hij was heel blij dat het weer goed gaat met Frian. Hij wil eigenlijk meer onderzoek doen naar nieuwe geneesmiddelen, maar daar is zijn kelder te klein voor. Hij heeft een echt laboratorium nodig en daar heeft hij geen geld voor.'

'Wat rot.'

Scott veerde opeens overeind. 'Hé, is dat niet een goed doel voor het geld dat we hebben gekregen?'

Nathalie keek hem stralend aan. 'Wat een goed idee! Daar kunnen duizenden mensen van profiteren.'

'Duizenden? Miljoenen, denk ik,' zei Audrey.

Nathalie gaf Scott een high five. 'Dat doen we!'

'En dan gaan we natuurlijk wel een keer op bezoek bij Vadim, hè?' zei Frian. 'Zijn laboratorium bekijken en bijpraten.'

Iedereen was het daarmee eens.

'Daar zal Vadim blij mee zijn,' zei Audrey. 'Wat gaan we morgen eigenlijk doen? Je zou ons nog een rondleiding geven door Den Haag, toch?'

'Jazeker,' antwoordde Nathalie. 'Morgen wilde ik de Di-rect-tour doen, als jullie dat leuk vinden. Di-rect komt hier namelijk vandaan en sinds kort is er een tour langs plaatsen waar ze oefenen en optreden en zo.'

'Bleh, Di-rect! Dat is toch met die vent met die stomme krullen?' riep Eefje, die net naar buiten kwam rennen met een ijsje in haar hand. 'Gadver, dat is echt een engerd!'

'Het gaat er toch niet om hoe ze eruitzien?' riep Nathalie uit. 'Het gaat om de muziek die ze maken. Ze zijn hartstikke goed.'

Eefje stak haar tong uit naar haar zus en Nathalie woelde door haar haren. Toen ze opkeek, stak Scott zijn duimen naar haar op en knipoogde. Nathalie voelde dat ze bloosde. Niet zo lang geleden beoordeelde zij ook iedereen op zijn uiterlijk. Dankzij Scott keek ze nu anders tegen mensen aan. Ze glimlachte dankbaar naar hem.

'En Tom? Gaat die ook mee?' Eefjes stem haalde haar uit haar overpeinzingen.

Nathalie voelde de warmte vanuit haar tenen tot achter haar oren trekken. Ze moest eens ophouden met dat gebloos. Het zag er waarschijnlijk belachelijk uit, zo'n knalrood hoofd. 'Dat weet ik niet, hoor. Alleen als de anderen het goed vinden,' zei ze snel.

'Ik vind Di-rect wel goed,' zei Frian. 'En ik heb niks tegen een extra gast.'

Audrey knikte. 'Ik ben niet zo'n fan van ze, maar ik vind het prima.'

Scott haalde zijn schouders op en Nathalie schudde lachend haar hoofd. 'Jij leert het ook nooit. Als je zelf niet kunt beslissen, dan ga je maar gewoon mee. Je zult zien dat het leuk is.'

'Wacht eens even,' viel Scott haar in de rede. 'Tom, die jongen van de Spare Rib Express?'

Nathalie knikte. 'Ja, en?'

'Dus je bent toch nog met hem uit geweest?'

'Dat moest toch van jou?'

'En je vindt hem leuk,' ging Scott onverstoorbaar verder.

'Ze is al drie keer met hem uit geweest!' riep Eefje en meteen dook ze weg achter Scotts stoel. 'Ze doet allemaal make-up op...' Nathalie deed een greep naar haar, maar Eefje was te snel. 'En trekt haar mooiste kleren aan als ze met hem weggaat.'

Iedereen moest lachen en Nathalie besloot de strijd op te geven. 'Oké, ik vind hem leuk. Dus?'

'Dus niks,' zei Scott. 'Ik ben blij voor je. Volgens mij is hij veel leuker dan die Mike.'

'Nou, dat kun je wel zeggen,' beaamde Nathalie meteen.

Ze plofte weer neer op haar stoel en Eefje kwam voorzichtig tevoorschijn van onder de tuintafel.

'Voor Scott heb ik trouwens ook nog wat leuks,' vervolgde Nathalie. 'Blijdorp. Daar kun je dieren bestuderen zo veel als je maar wilt. Mijn vader heeft aangeboden om ons met zijn bus te brengen. Het is maar een halfuurtje rijden.'

'Mag ik ook mee?' gilde Eefje.

Nathalie duwde haar handen tegen haar oren. 'Alleen als je niet zo gilt.'

'Yes! Ik mag mee!' gilde Eefje en ze stormde naar binnen om het aan haar moeder te vertellen.

'Ik zal nog wat te drinken halen,' zei Nathalie. Ze liep naar binnen en hoorde haar zusje opgewonden vertellen over hun uitstapje. Ze liep net met twee flessen fris in haar armen naar de tuin, toen ze iets hoorde wat haar aandacht trok. Snel zette ze de flessen op de tuintafel en wenkte de anderen.

'Kom eens kijken. Er is iets gebeurd in de dierentuin.'

In de huiskamer flitste het laatste nieuws op het beeldscherm voorbij.

'Wat is er aan de hand?' vroeg Nathalie aan haar moeder.

'Er is vanochtend een lynx verdwenen in de dierentuin. Twee verzorgers beweren dat het beest wegliep en niet meer te vinden was, maar de politie gelooft ze niet. In een park vol toeristen raak je een wild dier niet zomaar kwijt. De verzorgers worden ervan verdacht het beest naar buiten gesmokkeld te hebben. Het is een Iberische lynx. Een van de laatste in zijn soort en dus heel veel waard. De mannen zijn gearresteerd en worden verhoord.'

Het bleef een moment stil en Nathalie keek de anderen veelbetekenend aan.

Frian verbrak uiteindelijk de stilte. 'Wat een vreemd verhaal,' zei hij. 'Is het park nog wel open?'

'Ja hoor,' antwoordde Nathalies moeder. 'Jullie kunnen er gewoon naartoe. Wanneer gaan jullie?'

'Morgen,' zeiden ze in koor en toen haastten ze zich terug naar de tuin.

'Hij is naar Nergens, hè?' zei Nathalie zodra ze buiten stonden.

'Ja,' zei Frian. 'Dat denk ik ook. En hij komt ook niet meer terug. Waarschijnlijk is de laatste wilde Iberische lynx gestorven en daardoor is deze naar Nergens gegaan.'

'En nu worden die mannen in de gevangenis gegooid. Dat kan toch niet? We moeten de politie de waarheid vertellen,' riep Nathalie uit.

'Dat gaat niet, weet je nog,' zei Scott. 'We kunnen niemand over Nergens vertellen.'

'Maar we moeten wel iets doen, toch?' vroeg Audrey. 'Het kan geen toeval zijn dat dit gebeurt terwijl wij hier logeren.'

'Dat dacht ik nou ook,' zei Scott. 'Dus wat doen we nu?'

'We bedenken een plan om die mannen vrij te krijgen,' zei Frian. 'We hebben nog een week voordat jullie weer naar school moeten. Dat moet wel lukken, volgens mij.'

'Wat doen we dan met Eefje?' vroeg Audrey.

Nathalie haalde haar schouders op. 'We zeggen gewoon dat ze niet in de bus past. Als troost nemen we haar overmorgen mee naar het zwembad. Dat vindt ze toch veel leuker.'

Ze knikten allemaal en Frian hief zijn volgeschonken glas. 'Dan wil ik graag een toost uitbrengen. Op onze gezondheid en veiligheid.'

Ze tikten de glazen tegen elkaar en namen allemaal een slok.

'En op ons volgende avontuur,' voegde Audrey eraan toe.

DANKWOORD

Nergens heb ik niet in m'n eentje gemaakt. Gedurende het hele proces van idee tot boek hebben heel wat mensen eraan bijgedragen.

Mijn dank gaat in het bijzonder uit naar:

Mijn lieve, lieve man; voor je vertrouwen, enthousiasme, inzet, liefde en… voor alles dus eigenlijk.

Mijn aandeelhouders; voor jullie vertrouwen en betrokkenheid.

Valentine van der Lande; voor het bedenken en opzetten van Tenpages, waardoor beginnend schrijvers zoals ik een kans krijgen.

De leden van Het Schrijversblok: Stephanie Haveman, Klaas de Jong, Jeanne van de Molengraft, Iet van Rietschoten, Anne Verbeem en Frans Vogels; voor jullie ongecensureerde kritiek en goede ideeën.

Eva de Visser, Maria Holtrop en Myrthe Spiteri; voor jullie enthousiasme, inzet, vertrouwen, kritiek, begeleiding en goede ideeën.

Sharon van Til: voor het razendsnelle proeflezen en je nuttige opmerkingen.

Mijn mede-Tenpagesschrijvers Vanessa Beije, Sandra Di Bortolo, Edward Hendriks, Honey76, Louelle, Moneymaker, Arvid van Putten en Michael Reefs; voor jullie steun, vertrouwen en bemoedigende woorden.

Aandeelhouder Schoterbos; voor je vertrouwen, betrokkenheid en enthousiasme.

En natuurlijk zijn er nog veel meer mensen die me hebben bijgestaan, op wat voor manier dan ook. Vrienden, familieleden en kennissen, die interesse en enthousiasme hebben getoond en me hebben gesteund en geïnspireerd. Ook aan jullie veel dank.

Tamara

Over Tamara Geraeds

Schrijven heeft de Zeeuwse Tamara Geraeds altijd al in het bloed gezeten. Al op haar zesde schreef ze haar eerste gedichtje: *Een knufje voor jou en een knufje voor mij en zo gaat het leven voorbij* en al op haar vijftiende bracht ze haar eerste jeugdboek uit in eigen beheer.
Toch heeft Tamara niet meteen werk van haar hobby gemaakt. Na de middelbare school deed ze eerst de lerarenopleiding Engels, werkte enkele jaren als docente op een middelbare school en daarna als assistent-boekhouder. Maar in haar vrije tijd bleef ze schrijven en haar manuscripten opsturen naar uitgeverijen.
Vanaf 2010 ging het balletje ineens rollen: via de site tenpages.com, die beginnend auteurs ondersteunt bij het zoeken van een uitgever, kwam Tamara bij uitgeverij Kluitman terecht. Zij gaven aan interesse te hebben in haar manuscript *Nergens* en besloten begin 2011 over te gaan tot publicatie. Ondertussen verscheen in juni 2011 bij Karakter Uitgevers de bundel *Bergen Bloedt,* met daarin haar spannende verhaal *Elf November.*
Sindsdien heeft Tamara zich volledig op het schrijven gestort. Ze heeft haar eigen bedrijf opgericht, volgt de opleiding voor Docent Creatief Schrijven en blijft daarnaast werken aan nieuwe manuscripten.
Tamara woont sinds 2002 samen met haar man Frans in een klein dorp vlak bij Breda. Behalve van schrijven, houdt ze ook van lezen, films kijken, badmintonnen, ministeck en uit eten gaan. Ze is gek op schnitzels en sushi, en haar lievelingskleur is rood.

TenPages.com*

*where books are born

De uitgave van dit boek is mede mogelijk gemaakt door TenPages.com met de volgende aandeelhouders die in dit boek geïnvesteerd hebben:

Romeo ❧ Laura79 ❧ CdeRonde ❧ Renee74 ❧ Effener ❧ tenpages33 ❧ dgobits ❧ pjvdhoek ❧ Henk van Maas ❧ toke ❧ Johnvanlaar ❧ Erick ❧ Marja Flierman ❧ richard.2000 ❧ Bente ❧ akrijnen ❧ IPO ❧ avee ❧ zus ❧ Warvis ❧ Toine Reniers ❧ The_Reader ❧ summer76 ❧ Sjoerd24 ❧ sharkatec ❧ Ronnie ❧ remolino ❧ Niem ❧ Moneymaker ❧ MJdeKok ❧ Markant ❧ Laurens van Oostveen ❧ just-wout ❧ grootveld.simone@gmail.com ❧ FRM van Moorsel ❧ elmoustache ❧ ej.verschuur@hetnet.nl ❧ arvid ❧ Arris Blom ❧ Arenda ❧ adanoukaron ❧ 10sionUp ❧ jerrypb6 ❧ Adm Knt Weekers ❧ Paul London ❧ marionduyck ❧ RHW ❧ poisonivy ❧ petergeerts ❧ pabo74 ❧ mizgreen ❧ Mikey T ❧ Lonneke ❧ kittyv ❧ Kitty's boeken ❧ Jansen ❧ HettyE ❧ floortje ❧ eschoester ❧ Erwin1 ❧ Edward Hendriks ❧ boekenopties ❧ artgrrl ❧ Truus baaij ❧ trucker54 ❧ rstallen ❧ robhoevenaars ❧ robaerts ❧ Patricia Hooning ❧ Mon!que ❧ MaikelvanOosterhout ❧ Louelle ❧ justjohn ❧ jelle37 ❧ harrold.scheper ❧ hanjohoubein ❧ francoishb ❧ dregtien ❧ dolk ❧ 820ea5ac ❧ vrolijkelfje ❧ sinawi01 ❧ sieg ❧ joke65 ❧ geraeds ❧ elain ❧ wb hobert ❧ voorwiel12 ❧ vogeltje ❧ VladikMaksimov ❧ verhocjc ❧ vakman ❧ stefan ❧ Shira ❧ schuurtje ❧ Saska ❧ RoMe ❧ Rietbogers ❧ remco ❧ printman ❧ peterpolen ❧ Peter Weekers ❧ patriesie ❧ pamcaris ❧ nick ❧ MZM ❧ monyc ❧ marszud ❧ Mark Harteveld ❧ Marcelvanrooij ❧ Marcel81 ❧ koopstore ❧ koekje21 ❧ katinka ❧ karensn ❧ Judith Beijers ❧ joy ❧ John van Heemst ❧ jh59 ❧ Jel73 ❧ jeannemt ❧ irisjestop ❧ Hugo75 ❧ HdH ❧ HansE ❧ Grant38 ❧ glenn ❧ ericveenstra ❧ endyboy ❧ eljero ❧ DYMedia ❧ chattanoogaa ❧ Bibi janssen ❧ benvanriel ❧ benny ❧ Bada ❧ azwenger ❧ amigos ❧ Wickedwarria ❧ Ton Mens ❧ Smidt ❧ Sandy-Adia ❧ Rubrecht ❧ rickanalbers ❧ OscarLust ❧ neandertje ❧ mariusjr ❧ marc.ilse ❧ Malou Vreeswijk ❧ Maarten van Velzen ❧ leonsmit7 ❧ Krista Verschoor ❧ Criticus ❧ Charissa ❧ Annet